〈酔いどれ船〉の青春

もう一つの戦中・戦後

川村 湊

インパクト出版会

目次

〈酔いどれ船〉の青春——もう一つの戦中・戦後

〈酔いどれ船〉の青春——もう一つの戦中・戦後

第一章　京城・一九四二年冬

1

〈酔いどれ船〉——酔っぱらいたちが騒がしく乗りこみ、喧騒をあたりにふりまいたまま河から海へとくだるお祭り騒ぎの船旅。または、船長から水夫たちまでが酒に酔いしれ、舵輪も羅針儀もめちゃくちゃに狂い、壊れて、迷走するどんちゃん騒ぎの酩酊船。あるいは、嵐の波浪に翻弄され、乗組員たちは恐怖と疲労と困憊とでそこかしこで吐きちらし、船足だけが風と波の中で軽やかに舞い踊っているような難破寸前の遠洋航海船……。

甲板を波が洗い流し、帆柱が軋み、水浸しの船室では厨房道具や樽が浮かんでいる……潮水を含んでインクの滲んだ航海日誌、もぬけのからの鳥籠とラベルのはがれた酒瓶、太いロープに繋がれた浮き輪……そんな漂流物を従えながら、水平線上に浮き沈みしつつ漂う半没した漂流船……。

一九四〇年代初期、日本帝国主義政権の支配する〝植民地〟朝鮮の状況をこうしたイメージで描き出した一篇の小説がある――。田中英光作『酔いどれ船』。雑誌「綜合文化」一九四八年（昭和二十三年）十一月号に第一章を発表、その後それに二、三章を書き下ろしでつけ加えたものが、著者の死の翌月である一九四九年十二月に小山書店から単行本として刊行され、のちに芳賀書店版田中英光全集第二巻（一九六五年五月）に収録された、原稿用紙にして約四百枚の長篇小説である。

田中英光のほかの作品もそうなのだが、この小説にも作品自体がどこか浮かれ、はしゃぎまわり、そしてそのことに作者自身がいじらしくも傷ついているといった趣きがある。彼の他の小説の題名を借りていうならば、〝天使〟と〝悪魔〟、〝聖なるもの〟と〝ヤクザ〟といった、本来なら対立すべきものとしての昂揚した精神の純潔さと地べたを匍いずりまわるような卑小さとが、同一人物の中に共存している奇妙な心象風景がそこにあるのだ。これを田中英光特有のものといえば単なる一個の作家論、アドルム中毒で精神に異常をきたし、文学上の師である太宰治の墓前で自殺するという奇矯な劇を演じた〝無頼派〟文学者のパトグラフィー的な研究の対象作品ということで終ってしまうだろう。だが、私の興味はいまそこにはない。田中英光が浮かれ、はしゃぎ、騒ぎまくり、そして傷ついた現実の舞台そのものが、そのような彼とそのまま共振する〈酔いどれ船〉だったのであり、そこに魂の純潔さも卑小さも、汚穢に満ちた堕落も高貴な抵抗と自恃も、そしてそのどちらに転じるともしれぬ陰謀と術数と隠匿された叛逆とがあったのである。

一九四〇年代前半の朝鮮半島、そしてその中心地としての〝京城〟（現在は大韓民国の首都ソウル特別市）。当時のこの街の光景を日本帰りの若い朝鮮人の新聞記者という主人公の目を通じて、金達寿《キムタルス》（註1）はこう描いている。

街は雑沓のなかにいた。およそそれはまた、周囲のその風光とはちがった光景であった。白省五が吐きすてるようにいったように、「乞食の街」であるかも知れない。ところどころもう崩れかかった瓦屋根や、まだある藁屋根をもまじえた屋根庇が道路の両側に低くたれさがり、その人通りのない道路上にも、鐘路などの露店へ加わってでることのできない老婆が、餅きれをいれたハムジ（行商の女などが頭にのせて歩く縁のそった四角い箱）をおいてその横にぼんやりと坐っていた。そしてそのまわりには必ず二、三の乞食がうろうろしていて、敬泰がさしかかると、よろよろと立ってきて手をだした。なかには老婆のおいてあるハムジをさししめしながら、手まねをまじえて空腹をうったえるものもいる。

（『玄海灘』）

植民地的搾取にあえぐ街、故郷の土地から追いたてられ、都市の零細民として日々の食にも事欠く人びと——やや図式的ながらも基本的にはこのとおりの現実であっただろう植民地社会の深部に、どんな抵抗精神や叛逆心、あるいは裏切りや精神的頽廃があったかは、むろん〃京城〃という街の世相の表面を垣間見ただけの〃日本帰り〃の若者に容易にわかるはずはなかった。「太平洋戦争下の朝鮮文学」(「文学」一九六一年八月号初出、田中英光全集第二巻付録資料)という文章の中で、やはり金達寿はこんなことを書いている。

司諫町の下宿でくすぶっていた私たちには、ここに語られているようなこと(『酔いどれ船』の中で作中人物の口から植民統治の〃地下〃で独立運動が行われていることが語られていること——後出)は皆目、何もわからなかったといっていい。わからず、ただやりきれなく、暗いばかりであった。朝鮮人どうし、互に軽蔑し合っていてほとんど口もきかず、私と金鐘《ママ》漢(後出)とが何かと話し合うようになってから、やっと彼らもときに仲間入りをすることもあったが、みなはそれぞれうっ屈したものを抱えながら、それを誰にも語りえないでいた。

敗色濃い戦いの中でますます狂躁的に、暴力的になってゆく植民地の圧制権力——その軛の下で「うっ屈」し、「語りえない」ままで過ごしていた日々の本当の〝心情〟を、では祖国解放（韓国語では〝解放《ヘバン》〟〝光復《クワンボク》〟という）を迎えた一九四五年以降に彼ら、朝鮮人文学者は十全に語りえただろうか。

現在、韓国で出版されているどんな韓国近代文学史の本を開いても、「日帝暗黒期」と見出しのついた一章があり、そこにはごく簡単に朝鮮半島を侵略（進出！）した〝日本帝国主義〟が朝鮮語による民族系の新聞・雑誌をつぶしてマスコミから民族の言語を奪い、そこに息を詰めねばならぬような〝暗黒〟の時代が展開されたことが書かれているだけである。つまり、そこには特記すべき作品も作家も文学運動もありえなかったというわけだ。

わずか一ページか二ページ、極端な場合には半ページにも満たないこの間の文学史上の記述の欠落は、そのままこの民族の歴史における最大の汚点に対する韓国人（朝鮮人）たちの精神的姿勢をあらわしているだろう。すなわち、それはできれば歴史から、記録から、記憶からも抹消してしまいたい屈辱の一時期なのであり、暗黒期として再び陽の目をみないように、自分たちの目の前にあらわれてこないように〝暗闇〟の向こうへほうり捨ててしまいたいという願望が強く感じられるのである。ここで例外的に詳しい記述がなされているとすれば、それはその暗黒期における民族的文学者たちによる抵抗文学の顕彰ということになる。福岡の刑務所で死亡した夭折詩人・尹東柱《ユントンジュ》（註2）。北京の牢獄で獄死した抵抗詩人・李《イ》陸史《ユクサ》（註3）……。

しかし、日本（内地）、中国（外地）という植民地の「辺境」であった分だけ、彼らの活動にはまだ抵抗の余地があったのだといえるかもしれない。実際的にそうした抵抗の〝芽〟さえ摘みとられたこの時期の植民地の中心〝京城〟においてあげられるべき名前は、こうした光り輝く抵抗精神、民族魂の持ち主たちであるよりは、日帝の走狗となり、のちに「親日文学者」として弾劾された一群の文学者たちの汚辱に塗《まみ》れた名前のほうであるだろう。

　朝鮮近代文学の〝父〟と呼ばれながら、香山光郎と創氏改名し、民族改造をとなえ、最大の〈民族の裏切り者〉となった李光洙《イクアンス》（註4）。日本語の文学誌「国民文学」を主宰し〈内鮮一体〉の国民文学を鼓吹した文芸評論家の崔載瑞《チエチエソ》（註5）（創氏名石田耕造）。〝国語〟（日本語）による小説作品を率先して書き、〝聖地巡行〟（日本の宮城、神社などを巡礼すること）の紀行を綴り、積極的に文学者の〝聖戦遂行〟への協力を実践した李石薫《イソクフン》（註6）（創氏名牧洋）。小林多喜二や宮本顕治の盟友でもあったプロレタリア詩人で、転向後「大東亜戦争」を讃美した〝愛国詩〟を書き綴った金龍済《キムヨンジエ》（註7）（金村龍済）……。

　だが、彼らが一九三〇年代末から四〇年代前半にかけて何を語り何を書いたか、そしてその言葉の底にどんな思いが込められていたかを今の時点で追いもとめることは難しい。それは単純に資料が少ない（意図的な、あるいは解放、動乱といった混乱による不可抗力的な原因によって〝日帝末期《イルチエマルキ》〟の文献は散逸、湮滅したものが多い）ということにもよるのだが、また、それがいずれの側（日本側と朝鮮側、北側と南側、「親日派」側と「抵抗派」側）にとっても触れれば血の吹き出てきそうな傷痕であって、容易に触れることを許さない禁忌として今なおあるように思えるからだ。

「暗黒期」「空白期」として、あたかも文学史の落丁であるかのように無視されている日帝植民地時代の末期。韓国の長老的な文芸評論家・白鉄《ベクチョル》(註8)によって「一九四一年から四五年までの約五年間は、朝鮮文学史上にあって羞恥に満ちた暗黒期であり、文学史としては白紙とみなすべきブランクの時代」(『朝鮮新文学思潮史』)であるとまでいわれた〝五年間〟。(なお、この白鉄もいわゆる〝親日派文学者〟のひとりに数えあげられている。創氏名白矢哲世)。

それはまた個々の文学者の年譜の中でも欠落した一時期である。日本語による著書、著作が彼らの作品年譜に載っていることは普通ではありえない。それは烙印つきの作品で、社会の側からも個人の側からも闇から闇へと葬られることを望まれる〝鬼子〟なのだ。そして、それはまた読むことのきわめて難しい作品群でもある。作品の表面にあらわれる〈内鮮一体〉〈国民文学〉〈皇国〉〈日本精神〉〈民族改造〉〈五族融和〉といった語彙をたどり、それをイデオロギー的に非難し、悪罵することはたやすい。しかし、その内側に、肉の奥に深く突きささった刺のような痛みを感じることや、あまりにも複雑に折れ曲がり、屈折しすぎたため、単純な阿諛や阿世の言葉として出て来てしまった精神の回路をたどったりすることは困難だ。そこでは細心な鑑賞眼と批評の能力が要求され、時代と社会とへの注意深い洞察とが必要されるだろう。それらの細心さを持たずに、これらの作品群を読み、批評することは無謀であり、文学的にも無意味なことだろう。だが、それはまたもっとも手近なところからまず始めてみなければ、しかたのないことでもあるのだ。(たとえば、こうした数少ない試みで成功した例として竹内実「〈内鮮一体〉の文学」(『文学』一九七〇年十一月号)を挙げうるだろう)。

朝鮮と日本との関わり、朝鮮人と日本人との〝交通〟はこの時期においてもっとも白熱した、抜き差しがたいものとなっていた。朝鮮人が日本人を見るときの視角も、日本人が朝鮮人を考えるときの観点も、基本的にはこの時期に枠づけられたものにほかならないのであり、良かれ悪しかれ、そこには互いに裸眼で見つめあった相手の姿があったのだ。

一方には民族の存立をかけて抵抗し、民族語を守ろうとする人びとがいて、もう一方には強権的植民地支配に屈服、同化する人びとがいる。そしてその中間に擬装的同化、面従腹背、狐疑逡巡、精神破壊に至るまでのさまざまな次元、立場の相違があったのだ。これらの朝鮮人文学者たちに加えて、在朝鮮半島の日本人作家、詩人、文学的政治屋、植民地の御用ジャーナリスト、文化的ゴロツキ、軍人、スパイなどが絡みあって、この〈酔いどれ船〉は、〝暗黒時代〟の波高い海へと出帆するのである。あてもなく、希望もなく、ほとんど光もない暗闇の夜の海へと——。

2

まず、順序として田中英光作『酔いどれ船』の梗概を述べることから始めてみよう。

主人公の名前は坂本享吉。職業は「朝鮮でいちばん大きい工業用ゴム製品」の会社の販売主任である。しかし、そうした実業のほうよりも、日本の文壇でいくらか名の知られた新鋭の小説家として、朝鮮文壇においていわゆる文学報国会と同じ役割りをはたす「朝鮮文人協会」の設立に参画し、朝鮮文壇の〝報国会化〟をより推進させる幹事役という虚業の仕事のほうに多く力を注いでいるのである。

『酔いどれ船』という作品は、この主人公の享吉が朝鮮文人協会の一員として、東京で行われた「大東亜文学者会議」に出席した満蒙・中国・朝鮮のゲスト文学者の一行を釜山へまで迎えに行き、京城まで同道してその歓迎会を挙行し、それが終了するまでの四日間の出来事を一篇のストーリーの骨子としている。

むろん享吉はそうした御用文人的な自分の立場、役廻りをそのまま肯定しているわけではない。軍部と官僚、そしてそれらに繋がる人脈に思うがままに操られている朝鮮文人協会に嫌悪と反撥とを感じないことはないのだが、文学者という〝虚名〟に対する固執、保身への思惑、そして利那的な快楽に耽るための利得と結びついていることが、彼をそうした位置から切り離させないのである。

小説の冒頭はそうした享吉の精神状態を象徴するように、学生時代からの友人・則竹と二人で酩酊しながら、悪夢のような〝京城〟の夜の繁華街を〈冥府めぐり〉するところから始まる。


そうした子供っぽいいたずらの揚句に、享吉は則竹と、交番所のなかで、小便を出来るかどうか、五円の賭けをしたことがある。左翼から転向したての、信ずるものをすべて失っていたふたりには、こうした無意味な冒険が奇妙に面白かった。……

それで、その夜、六年ぶりに、則竹と、京城で再会し、昔のように飲みはじめ、酔って、旭町の料理屋から、鮮銀前の広場まで降りてきたところで、享吉はふいと、その昔のいたずらを思い出したのである。


享吉は則竹に繁華街のど真ん中の噴水台で〝クソを垂れる〟ことをそそのかす。酔いの勢いでそれを実行する則竹を見ながら享吉は「十九世紀のロシア小説の青年たち」は「その罪悪の意識に、ぎりぎりのところまで追詰められると、聖き母なる大地に、きまって口づけ」した、それにひきかえ「二十世紀の日本の青年は、こうしてただ、クソを垂れる。なんという悲しい惨めさだ」と自虐的に思うのである。

ここに示されているのは、信じられるものを失ない、屈折し、ねじ曲がった転向者の心理だろう。それは根をたたれ、植民地にまで浮游し、流れついた青春の「うっ屈」であり、植民地の圧迫された人びとの暗さとどこか共通する悲惨さでもあるだろう。

次に登場するのは、この小説のヒロイン、朝鮮の女流詩人・盧天心である。彼女は彼らのそうしたデスペレートな感情につきあうように、いっしょに安酒をあおり、〃共犯者〃のように京城の魔窟街までも従いてくる。享吉はそんな彼女との純潔な〃恋愛〃の空想にふけりながら、夜の街並をどこまでも彼女とともに歩こうとする。だが、そこに思いがけない邪魔者が入る。京城帝大の「唐島博士」という登場人物だ。その唐島博士とは――。

その貧弱な朝鮮文壇を牛耳っていたものは、かつて大御所と呼ばれた、作家、李光洙でもなければ、かつての俊秀、兪鎮午でもない。大学教授の唐島博士と、青人草連盟の都田二郎と、京城日報の、田村学芸部長の三人だった。その中でも、田村は、酒好きの苦労人で、政治的野心は少しもない。ただ彼は古風な人情家で、忠君愛国主義だから、その彼の善良さを、他の二人が事毎に利用し、彼を表に立て、自分たちは黒幕に坐り、朝鮮のジャーナリズムを、彼らの思うように操り、軍部に忠義をつくし、そこで彼らの好きな権力にありつこうとしている。

いかにも植民地的知識人の典型としての唐島博士と都田二郎。この二人が『酔いどれ船』では享吉、盧天心のヒーロー、ヒロインに対する〃悪役〃として描かれている。享吉はその唐島博士から「盧天心」はスパイ嫌疑で憲兵隊ににらまれていて危険であり、彼女と関係することを止めるように忠告される。しかし、彼はそんな忠告が逆に彼の中の盧天心へ対する〃少年のような〃恋情に火をつけたと感じるばかりなのだ。

享吉は大東亜文学者会議の一行の出迎えのため釜山へ行き、京城に舞い戻り、朝鮮文人協会の接待役幹事として忙しく立ち働く。〃出迎え団〃の主な人物は享吉のほか、唐島博士、〈転向者で、朝鮮文報の事務局長〉朴寅植、〈朝鮮文学の主幹で、盧天心のパトロンといわれている〉崔健栄、〈京城高専の教頭で、いま幇間的存在と悪名の高い〉安斗昌、〈享吉と仲の良い、親日作家と、かげでは評判悪い〉牧徹などである。

しかし、一見何事もないような「朝鮮文壇」だが、その表面の皮を一枚剝ぐと、さまざまな陰謀、思惑、謀略がうごめき、ひしめいていることを、享吉は総督府の隠れミノ的な広報団体「青人草連盟」の主宰者で、軍部とも通じている都田二郎のこんな言葉で知るのである。

朝鮮はいま表面こそ、すっかり日本と一体になり切っているように見えるが、裏面は、なかなか、それどころではない。軍隊に反戦ビラの持ちこまれる回数も、流言蜚語で挙げられている人数も内地と比較にならぬほど多い。汽車や共同便所のなかの、朝鮮語での落書も、不穏な、不敬な、激烈な文句が多くなっている。……いま、朝鮮の主要新聞雑誌社にはことごとく韓国旗が数多く隠匿され、いざ日本が敗戦となれば、それらを掲げて、群衆が一斉蜂起する準備もできている。先日、憲兵隊の活動で、朝鮮の有名な史学者や考古学者が数名逮捕された。本府中の中にも、総力聯盟の中にも、いや文学報国会の中にも、共産系、独立系のスパイ網がはられていると見なければならぬ。むろん、こちらも、彼らに対抗して、まず完全なスパイ網を張りめぐらしてはいるが。

亨吉はそこで大東亜文学者会議の一行のうち、日本政府の特務機関が派遣したという「重慶への密使」がいるということを知らされる。その密使の持つ和平工作の〝密書〟をめぐって、軍部との繋がりをより強固にしたがっている唐島博士など植民地的知識人の日本人グループ。朝鮮独立のためにひそかに暗躍する崔健栄などの朝鮮人グループ。そして祖国ソ連を始めとする民主主義、平和勢力の側であるロシア娘・ソーニャのグループ。それらのグループがそれぞれスパイ、謀略活動を行っているのである。表面的には生真面目で堅苦しい歓迎会の公式的な儀式、そしてその後のハメをはずした無礼講の宴席においても、その裏側では鎬《しのぎ》を削りあうスパイたちの暗躍、暗闘が繰り広げられているのだ。

だが、亨吉は盧天心からあずかった白封筒が、それらのスパイ合戦と何らかの関係があることを薄々は知りながらも、彼女への〝恋情〟からそれを彼女たちの思い通りに役立たせてやろうと努めるのだ。(そのため、彼は朝鮮人〝暗殺者〟グループにつきまとわれたりする)。

享吉は友人の則竹、牧徹、あるいは大東亜文学者会議の一員である草乃心兵などと京城の夜の街を飲み歩き、さまよい、そして酔い潰れる。それは日本軍国主義の植民地政策に手を貸し、朝鮮人文学者たちの〝民族への裏切り〟を奨励し、自らもそうした体制の中で手を汚していることへの、デスペレートな「うっ屈」であり、自虐的な「絶望」の表現にほかならないのだ。

おそらく、享吉の生きている時代、世界自体が〝酔いどれ〟ているのだろう。それは彼ひとりだけの〝酔い〟ではなく、皇国主義を、民族の独立を、民主・平和勢力の勝利を叫ぶ者たちも、ともに〝酔っている〟のだ。ただ、享吉はそうした〈酔いどれ船〉に乗り合わせた乗組員、船客たちに対して、自分ひとりだけがそうした観念の〝酔い〟からとり残され、文字通り精神も肉体も泥酔していることを知っていて、そこからただひたすらに「盧天心」への〝純な〟恋情に救われようとするのである。

クライマックスは京城での大東亜文学者歓迎会の大宴会の席でひき起こされる。痴情と狂気とのもつれから、盧天心は唐島博士といっしょのところを都田二郎の拳銃によって射ち殺される。享吉は結局〝密書〟が盧天心の働きによって共産側のスパイ・ソーニャの手に渡ったこと、また盧天心が享吉を庇《かく》まうことによって、唐島博士の腕の中で死ななければならなかったことを、その翌日に事情に通じた則竹から知らされるのである。(享吉は宴席をぬけ出し、別の場所で酔いしれていたのだ)。それを聞いて享吉は「俺というダラシない一酔漢のため、美しい白鳥が汚されて死んだ」と思い、酒びたりの京城での生活を清算して、東京で文学のための新しい生活をやり直そうと決心する。しかしそれも束の間、彼は軍に対する流言蜚語の容疑で憲兵隊に逮捕される。

小説の結語はこうである。

やがて、一九四五年夏八月、日本敗戦の日まで、享吉は、竜山の陸軍刑務所に投獄されることとなった。その敗戦前後の物語は後日筆を改め、読者に見《まみ》えることとして、ここでは、享吉が最後までアル中による妄想症として振舞い、盧天心への清らかな愛情の前に、誰も友人を売らなかったことだけつけ加えておきたい。これは坂本享吉と盧天心の奇妙な恋の物語なのである。

3

この作品を読んで、もっとも大きな疑問として残るのは、はたしてこの小説がどの程度事実を反映したものであり、どれだけ実際の人物や事件に即しているのかということだろう。それは作中人物とそのモデルとなった実在の人物との照応関係、そのデフォルメの度合い、虚構化の程度ということに関わるだろう。作者自身はその単行本の跋文で「あり得るようで、あり得ない、あったようで、まるでなかった架空の出来事」と書いているのだが、そのあたりの虚構と現実との比率という機微は、私たちにはほとんど知られることがないのだ。

一読して明らかなとおり、この小説の主人公・坂本亨吉は作者田中英光の分身であり、「坂本」という名前は、文壇的出世作『オリンポスの果実』以来の、田中英光の私小説的な作品群に共通する主人公名である。また、細かな年譜的事項と対照させるまでもなく、坂本亨吉の経歴は、横浜ゴム京城出張所勤務のため一九三五年から三八年、さらに出征をはさんで一九四一年から四二年にかけて京城で生活した作者の履歴と重なるのだ。（『酔いどれ船』は四一年から四二年にかけての京城での在住体験を基にしている。その前の三五〜三八年の生活体験は、『愛と青春と生活』という小説に描かれている）。

こうした意味で『酔いどれ船』を田中英光が自分自身を主人公にしたてた〝私小説的〟な趣向を盛りこんだ冒険小説、スパイ小説といってもいいかもしれない。しかし、もちろんそれはあくまでも〝私小説的なもの〟であっても、私小説そのものでもなければ、また実際の体験的事実の記録でももちろんありえない。そこには田中英光の作品に共通する意図的な戯画化、現実の歪曲、饒舌と諧謔、センチメンタリズムといったものが、子供のクレヨン画のように原色を使って描かれ、彩《いろど》られているのである。それが田中英光の作品をややもすると安普請的に、粗雑で稚拙な出来栄《ば》えに見せてしまうのだが、またそこに彼の意図したものを越えて、直接読み手の胸に響きわたるような〝生き急ぐ〟呼吸の切迫さが感じとれるのだ。けっして見事な完成品としての姿を示していない彼の小説が、一部の読者に宝物のように大切にされているのは、そうした〝未完〟の、生きることの暴風に吹きまくられた大童《おおわらわ》な作中人物と作者とへの共感にほかなるまい。

だが、むろんそうした彼の作品の〝美点〟を取りあげることと、彼の作品がどれだけ現実の事件や実在のモデルを歪めたか、そして虚構と事実とをひとつの鍋で煮つめあわせることによって、何らかの形で〝自己正当化〟をはかったのではないかという疑問を追求しようとすることとは、批評として矛盾するところはないのだ。

まず、事実関係から追ってゆこう。『酔いどれ船』という作品の背景となっている京城での「大東亜文学者歓迎会」は、一九四二年十一月四日（小説での設定は一九四三年九月）に日本文学報国会が東京で主催した「第一回大東亜文学者大会」に出席した朝鮮代表が帰朝したのと、中華、満州、蒙古代表がその帰途京城に立ち寄ったのを歓迎し、その報告会を兼ねたものとして朝鮮文人協会が催したものである。入手困難な一次資料を蒐集、駆使して日帝末期の〝親日文学〟の様相を復元し、それを批判した林鍾国《イムジョンクク》（註9）の労作『親日文学論』（日本語訳・大村益夫）によれば、この第一回大東亜文学者大会に朝鮮代表として出席したのは香山光郎（李光洙）、芳村香道（朴英熙《パクヨンヒ》）（註10）、兪《ユ》鎮午《チンオ》（註11）（以上朝鮮人）、辛島驍、寺田瑛（以上日本人）の五名だった。彼らは四二年十月二十九日に京城を出発、釜山・下関経由で上京し、十一月四日丸の内の東亜会館で開かれた大会の会議に列席したあと、九日に帰途につき、十四日釜山着、そこで留守役組の白鉄、金村龍済（金龍済）、鄭人沢《チョンインテク》(註12)、田中英光らの出迎えを受け、京城へ向かった。

京城では京城帝大文学部講堂で大東亜文学者講演会を行い、のち市内の有名料亭である明月館で朝鮮文人協会と官民有志の共同主催による招待宴が設けられた。翌日、満・蒙・華の代表は市内見物、総督府訪問などの日程を終えたのち、夕刻五時京城駅から満州鉄道で出発。見送りには香山光郎はじめ文人協会関係者が多数居並び、女流詩人・盧天命《ノチョンミョン》(註13)（実在の詩人。『酔いどれ船』の作中人物〝盧天心〟との関わりは後述）が出立する一行に花束を贈呈した。

こうして見てゆくと、『酔いどれ船』に書かれている歓迎会の公式行事のスケジュールは、ほぼ実際通りであったことがわかる。また、主人公の享吉が釜山まで一行を迎えに出て、列車でいっしょに京城まで上《のぼ》り、明月館での宴会に列《つらな》るといった足どりも、ほぼ田中英光の現実での足跡と重なる。もちろん、だからといってその宴会場での都田二郎による唐島・盧天心両者の射殺事件までが事実であるわけはなく、その部分はまったくのフィクションであり、それにひき続く享吉の逮捕・投獄といった事件なども、作家の身の上に実際起こったことではむろんない。

事実としては、田中英光は敗戦前の一九四二年十二月に、何ら問題なく朝鮮を離れ、家族とともに帰国している。「国民文学」（崔載瑞主宰）十二月号には「朝鮮を去る日に」という告別の文章を残しており、そこでは「半島の文学の行く道は、最早明瞭であつて、大きな意味での日本文学の一翼を成すべき方向に進むべき事と、第二にその為には諺文文学（諺文＝ハングル、朝鮮文字のこと。卑下的用法である――引用者註）を揚棄して、一日も早く国語文学一本建となすべきだと思ふ」（「海峡」三号・一九七五年三月再録）などと、余計な置きみやげ的言辞まで残しているほどだ。

つまり、大まかに結論的にいってしまえば、『酔いどれ船』は実際の大東亜文学者歓迎会という事実を基にして田中英光が紡ぎ出した架空の、〝妄想〟的なストーリーであって、そこにはヒロイズム、被害妄想、少年じみた純愛思慕、センチメンタリズム、自己贖罪感、自己正当化といったあらゆる要素がごった煮にされ、酩酊のはての悪夢、酔余の幻想として書き綴られているのである。現実の事件はただ作品内の事件の大きな枠組みとしてだけ使われているのであり、その細部はほとんど虚構によって組み立てられているといってよいだろう。これは登場人物とそのモデルとされている実在人物との関わりとにおいても同様である。作者は実在の人物の風貌、性格、社会的地位、経歴、名前の一部などを借りてその近似的人物を作り、そして自らの作り出したストーリーの中に投げ込んで、作中人物としてふさわしいように動かし、しゃべらせているのだ。むろん、それらの登場人物の中でも実在の人物と近似する度合いの強弱があるのを見うけることができる。たとえば、「草乃心兵」はほぼ実在の草野心平と差違はないだろうし、享吉の友人の「則竹」もその境遇や性格において当時朝鮮警務局嘱託だった則武三雄（三好達治に師事した詩人。朝鮮在住時の詩集に『鴨緑江』がある――後出）とほとんど異なるところはないだろう。

だが、これらの人びとは『酔いどれ船』という作品の中で比較的良い役を割り振られており、その意味ではモデルとされた実在の人物としても、さほど不都合や不満はないだろうが、問題は悪役として登場してくる一群の日本人、朝鮮人文学者たちについてなのだ。

前に引用したように、『酔いどれ船』の記述によれば、この当時京城中心の朝鮮文壇を牛耳っていたのは三人の黒幕的日本人――すなわち京城帝国大学教授唐島博士、青人草連盟代表都田二郎、京城日報の田村学芸部長という面々だった。このうちストーリーにはあまり関わりを持たない田村（毎日申報学芸部長・寺田瑛がモデルといわれる）をのぞくと、『酔いどれ船』の悪役は、京城帝大の教授でありながら軍部との関わりを深めようとしている野心家で、かつ変態性欲じみた性癖を持つ好色漢という設定の唐島博士、不良少年あがりのジャーナリズム・ゴロから総督府の後楯によって朝鮮文壇の黒幕となったファナチックな皇国主義者・都田二郎の両名ということになる。作者は作中人物の盧天心の口から、「唐島博士」についてこんなことをいわせている。

「坂本さん、唐島博士、知っているわネ。あのひとに気をつけたほうがいいの。あのひとが、れいの三人の中で、いちばんマキャベリストよ。自分の権力の欲しいためには、どんな卑劣なことでも平気でやるひと」

唐島博士が当時、京城帝大文学部主任教授だった辛島驍（中国文学専門――延禧専門学校校長を兼任）をモデルとしており、都田二郎が総督府のバックアップを受けた民間の社会教化団体・緑旗連盟（作中では青人草連盟）の主幹だった津田剛を念頭に置いて描いていることは、『親日文学論』や当時の文献、各種の関係者の回想・証言によって容易に推定することができる。しかし、むろん「唐島博士」がそのまま辛島驍ではないし、「都田二郎」イコール津田剛というわけではないだろう。そこには、当然作者の田中英光の意識的かつ無意識的な〝歪曲〟や〝粉飾〟がほどこされており、私たちは『酔いどれ船』の中からは田中英光（＝坂本享吉）という偏光メガネをかけた形でしか、彼らの姿をとらえることはできないのだ。

辛島驍、津田剛の両名が一九三〇年代末から四〇年代前半にかけての朝鮮において、民間人として、〈内鮮一体〉、朝鮮人の〝皇民化運動〟を文化面で推進させた代表的な人物であったことは疑いの余地がない。『親日文学論』によれば、辛島驍は朝鮮文人協会幹事、国民総力朝鮮連盟文化部委員、第一回大東亜文学者大会朝鮮代表、朝鮮文人報国会理事長などの〝翼賛〟的団体、機関の重要ポストを歴任しており、また「緑旗」「国民文学」「毎日申報」といった総督府の御用ジャーナリズムで、時局的、政治的プロパガンダ発言を繰り返していて、まさに時の「朝鮮文壇を牛耳ってい」た半官製のイデオローグといってよい。また、津田剛も同様であり、京城帝大予科教授で実兄である津田栄の創設した緑旗連盟の教務局主事を振り出しに、緑旗連盟主幹、国民総力朝鮮連盟宣伝部長として、朝鮮言論界に勢力を振るったのである。(参照・高崎宗司「『緑旗連盟』と『皇民化』運動」季刊三千里31号)。たとえば、次のような発言は当時の彼らのものとしては、決して珍しくないものであった。

見よ、敵よ! 朝鮮学徒の蹶起を、五千の学徒はいまより校服を脱ぎ、一線に立った。これ、まさにまことの皇国臣民として輝かしき出発ではないか。

我われ延専は、もとは米国系ミッションスクールであったのだが、学徒たちは皇国日本を忘れてはいなかった。私は敢て世界に自慢する。誠心の朝鮮学徒たちの実力を、諸君らは戦場を通して知るだろう。

出陣学徒諸君、諸君はすでに軍服を着て壮途にのぼった。諸君には大東亜建設の重い責任がかかっている。必ずや驚くべき活躍があることを願ってやまない。

(延禧専門・辛島驍「敵よ、見よ」朝光一九四三年十二月号・原文朝鮮語)

こうした発言や経歴を頭に置いて『酔いどれ船』を読めば、射殺事件や強姦はともかくとして、作中人物の性格、性癖がそのまま実在のモデルとなった人物のものであると〝錯覚〟してしまうのも、無理のないことと思えてくる。人格的にも陋劣で、精神に異常をきたした人間が、帝国主義勢力の走狗となってファナチズムを増幅したといういい方は俗耳に入りやすいだろうから。だが、しかし、辛島驍や津田剛を悪魔じみた悪玉にしたてて、その下でやはり〝日帝の走狗〟として働いていた田中英光本人を〝消極的な加害者〟、あるいはさらに一歩踏みこんで、一種の〝被害者〟にしたてあげようとする底意が、そこにはまったく働いてはいなかっただろうか。例としてあげるまでもなく、先の辛島驍と同様の〈内鮮一体〉〈皇民化〉推進の文章は田中英光自身も、いくつも書き散らしているのである。

もう少し辛島驍にこだわってみよう。彼は敗戦後日本へ引き揚げて来て二十年後に、こんな文章を書いている。

戦没朝鮮人学徒兵は、結城尚弼君だけではない。あの日京城をたっていった学生のうちにもとうとう帰れなかった者があったはずだ。京城からばかりではない。日本内地から出陣した学生も加えれば朝鮮人学徒兵の数はおそらく数万に及んだであろう。そのうちどれだけが貴い生命を散らしたのであろうか。

今年も八月十五日に全国戦没者の追悼式が行われた。それも、靖国神社の境内ででであった。戦没朝鮮人学徒兵には誠に申しわけなく、断腸の想いがする。……

我々日本人のために、自らの血を流して戦い死んでいった彼らに対して、戦後我々は何をしたであろうか。かえりみることも無く打ち捨てて良いものであろうか。敗戦直後の不良三国人の存在は、たしかに日本人のうらみを買うにあたいした。だが、それはそれ、これはこれである。

(「朝鮮人学徒兵の最後」文藝春秋一九六四年十月号)

もちろん、これを出し遅れた詫び証文、身勝手で変り身の早い知識人の、向こう受けを狙った卑劣な作文であると否定的に読むことも充分に可能である。特に〝三国人〟云々は耳ざわりで、反省の本心を疑わせるものがある。教職にありながら自分は権力体制の内側にいて、朝鮮人学生を〝侵略戦争〟の戦場へと追いたてていったことは、過失や過誤という段階を越えて、犯罪行為であるとさえいえるだろう。

しかし、だからといってこうした〝犯罪者〟個人を悪魔じみた野心にとり憑かれたマキャベリストとして描き出すことにも、いささかひっかかるのだ。辛島驍も津田剛も田中英光も、同じ〈酔いどれ船〉に乗り込んだ乗員たちではないのか。立場さえ異なっていれば、田中英光が辛島驍のように朝鮮人学徒を軍役へと追いつめなかったという確信はあるだろうか。辛島驍は戦後、朝鮮時代の知り合いに出会った時も「私たちは本当に朝鮮の人たちに済まないことをした」といっていたという。(森田芳夫氏―元緑旗連盟理事―談)。田中英光の『酔いどれ船』の中からは、少なくとも彼自身が植民地朝鮮においてどんな犯罪的役割りをはたしたのかという自己反省と、そうした自分に対しての自己否定の声はあまり聞こえてこないのだ。そこで語られているのはひたすらデスペレートだった青春の暗さと、まわりの日本人、朝鮮人に対する嫌悪感や悪意ばかりなのである。鶴見俊輔がいっているように、『酔いどれ船』の「主人公は朝鮮人を愛することを実現していない。失敗の故にかえって朝鮮の共感にのめりこんでゆく」のであり、そこには「朝鮮人と一体となり、朝鮮人のために生きる人道主義的日本人の像は登場しな」いのである。そして、さらに「主人公が朝鮮人に対してもつ関心は、朝鮮人をとおして、日本そのものの現状をより明確に意識し、日本人の自己嫌悪を深めるという働きをになう」ことに限定されているといえるのだ。（鶴見俊輔の文は「朝鮮人の登場する小説」『文学理論の研究』所収）。

デスペレートな自責感を抱きながら、まわりの人間の中に、むしろその最も弱い部分で共振する共犯者的な心情を求め、結局は朝鮮人の立場も苦難をも理解し、共感しようとはしなかったという意味において、田中英光も辛島驍や津田剛と五十歩百歩だったといわれてもしかたがないだろう。あるいは、辛島驍が先にあげたような自己懺悔的な文章を書いたことに較べると、反省や自己批判、回心の要素に乏しい（むしろ自己正当化の匂いのする）『酔いどれ船』という小説を書いた田中英光は、より悪質であったといえるかもしれないのだ。

『酔いどれ船』の登場人物たち——そこには実在の影の濃い人物も、虚構性の割合いの多い人物もそれぞれに存在しているのだが、その事実と虚構の比率を一人一人検証してゆかなければ、証言の少ない当時の朝鮮の文壇状況において、私たちは結局誤解と虚偽とを受けとるよりほかなくなるだろう。

たとえば女主人公の盧天心——この詩人の名前が実在の閨秀詩人・盧天命と酷似していること、また経歴的に共通する部分があること（天才少女詩人としてデビューし、妻子ある男性との〝不倫〟の恋を取り沙汰されるような恋多き女性だったこと、さらに日帝期に「シンガポール陥落」を記念した戦争協力詩を書いたことなど——大東亜文学者歓迎会にも出席していたと見られる）から、彼女がモデルであることの可能性も否定できない、といった論議もあるが（大村益夫「第二次世界大戦下における朝鮮の文化状況」『社会学討究・43号』の註では、盧天心の存在が完全なフィクションであるという「積極的な根拠はない」としてある）、しかし、これは思考の順序が逆であって、田中英光は実在の盧天命の名前や経歴を借りて「盧天心」という作中人物の外郭をつくりあげ、享吉の〝恋人〟役の副主人公にしたてあげたわけで、作品に書かれた盧天心から実在の盧天命へと遡ろうとする発想は本末転倒にほかならない。このことは「国民文学」主宰者・崔載瑞をモデルにしたといわれる崔健栄、牧洋（李石薫）とほぼ重ねあわせられる牧徹、朴英熙（芳村香道）を念頭に置いていたと思われる朴寅植など、他の登場人物の造型のしかたにも多かれ少なかれいえることで、虚構されたものから現実へと逆流的にたどりつこうとする方法はよほど慎重に行われなければならないだろう。そして、また実証的な事実によって虚構を一つ一つ暴いてゆくという〝実証主義〟とも一線を画さなければならない。虚構を虚構として成り立たせる土台の中に私たちは〝作品的現実〟を見つけなければならないのであり、フィクションとして作りあげられた人物像の中に〝人間的真実〟を見るのでなければ、文学作品＝虚構を読む意味など本来ないのである。

4

ここで『酔いどれ船』という小説が書かれるための、大きなインパクトを作者に与えたと思われる作品のことを語っておこう。それはほかでもなく、『光の中に』で芥川賞候補となって日本文壇にデビューした在日朝鮮人作家・金史良《キムサリヤン》が、(註14)戦時下に日本語で書いた小説『天馬』である。この『天馬』と『酔いどれ船』との〝影響関係〟については、韓国の文芸評論家・金允《キムユン》植《シク》(註15)がその著書『韓日文学の関連様相』（日本語訳は大村益夫訳『傷痕と克服』――ただしここでの引用文は原著からの私訳）に収めた同題の論文ですでに語っている。金允植はこういっている。

　金史良のこのような内地作家心理の鋭い観察の前に、そして東京文壇の新進「花形」として登場した朝鮮作家である金史良の前に、日本人田中英光がある種の対決意識やコンプレックスを感じた公算が大きいと見ることができる。このような推断の根拠は大体次の三つに集約することができよう。

一番目は、たとえ田中英光の戦争体験が「植民地朝鮮でのデスペレートな享楽と権力への便乗の記憶」として規定されるとしても、彼が「オリンポスの果実」を書いた多少力量ある作家だった点をあげることができる。……

二つ目には、金史良に対して田中英光のライバル意識をあげることができよう。「天馬」は果然、田中英光および「緑旗」派全体に対する金史良の鋭い攻撃だったのだ。……

三つ目として、一番重要なことは作品「酔いどれ船」は「天馬」を読んだあとに、はじめて正しく読むことのできる作品上の問題点をあげることができよう。「天馬」は〈玄龍〉〈文素玉〉〈大村〉〈田中〉〈角井〉など、それぞれの人物たちを具成している。「酔いどれ船」の中では玄龍だけを除き、残りの人物がそのまま登場している。すなわち女流詩人〈盧天心〉――文素玉、青人草連盟の〈都田二郎〉――大村、大学教授〈唐島博士〉――角井、などの鮮明な対応関係が見られるのである。

金允植の指摘は、まさに『酔いどれ船』という小説を「正しく読む」方法を呈示していると思われる。『天馬』と『酔いどれ船』という二つの小説を並べてみれば、誰しもその作品世界の雰囲気の近似性に気がつくだろう。それは素材となった人物や事件の共通性に基づくというより、その世界の描き方そのものの類似なのだ。そして、『天馬』が戦時下の一九四〇年（昭和十五年）に「文藝春秋」に発表されており、『酔いどれ船』がその八年後に書かれていることを考えれば、どちらがどちらに〝影響〟されたかは明らかだろう。また、引用文にあるように『天馬』の中には、東京から来た新鋭小説家の「田中」が登場するのであり、その登場人物が、実在の『オリンポスの果実』の作家を戯画化したものであることは一目瞭然なのである。

もともと『天馬』は、〈玄龍〉という小説家を主人公とした諷刺的モデル小説とでもいえるもので、植民地知識人――根を持たないエセ・インテリの頽落した生活とその精神世界を活写した小説として〝日本語文学〟の中でも特異な位置を占めるものといえるだろう。東京文壇で活躍していたという触れこみで、朝鮮に舞い戻って来てから朝鮮文壇に首を突っこんだ〈玄龍〉は、その東京仕込みの付け焼刃的〝文学理論〟の底が割れてしまうと、ほとんど誰からも相手にされなくなってしまう。しかし、時局にだけは敏感な彼は、折からの〈内鮮一体〉の文学版である〝国民文学〟運動のお先棒を担ぎ、〈玄の上龍之介〉などと創氏改名までして、文壇の中での勢力を保持しようとするのである。『天馬』では、〈玄龍〉が、東京から京城へやって来た日本人の新進小説家「田中」と、それを取り巻く大村、角井の後を尾《つ》いてまわり、何とか自分の有利になるように彼ら日本人の力を利用しようとする、卑屈で滑稽な彼の一日の行状が描かれている。

登場人物と、そのモデルとおぼしき実在の人物との関係、ユーモラスでややグロテスクに卑屈さを誇張した人物描写法、それに何よりも作品そのものの持つ雰囲気が、『天馬』と『酔いどれ船』とではきわめて似通っている。いささか酒に酩酊したような、粘着性のある軽みの文体、京城の薄汚れた横丁をたどってゆくような、物語自体の徘徊感は、『酔いどれ船』の世界を垣間見て来ただけでも、その粉本がどこにあるかを納得させるだろう。そして、さらに『酔いどれ船』の登場人物とモデルとして重複する人物の描き方をみれば、その屈折の度合いによって〝虚構的真実〟が見えてくるように思われるのだ。たとえば、『酔いどれ船』では唐島博士にあたる『天馬』の角井は、こんなふうに書かれている。

もともと彼は大学の法科を出ると共に朝鮮くんだりへ来て真直ぐ教授にもなれたのだが、この頃は芸術分野の会にまでのさばり出るなど日本人の玄龍ともいうべき存在だった。朝鮮に出稼ぎ根性で渡って来た一部の学者輩の通弊の如く、彼も亦口では内鮮同仁を唱えながらも、自分は撰ばれた者として民族的に生活的に人一倍下司っぽい優越感を持っている。だがただ一つ芸術分野の会合等に出ると自分が朝鮮の文人達のように芸術的な仕事を何もし得ないことにひけ目を感じ、弾ね返っては彼等を憎々しくさえ思っているのだ。それで特に朝鮮の文人達を莫迦にしようとこれを努め、日本から誰か芸術家でも来ると玄龍にひけをとらぬ程の熱情で授業さえ休んで出掛け、加俸の分だけを惜しいともせず方々引張って酒を飲ませながら、事毎につけて朝鮮人の悪口を学問的な言葉で並べたて、口癖のように、あゝあれを見て安心した等と呟く。

『酔いどれ船』の唐島博士に較べると、悪魔じみた黒幕といった印象はかなり薄れるわけだが、現実の辛島驍の人間像にはむしろこっちのほうが近いように感じられる。少なくとも、宗主国から植民地に〝出稼ぎ〟にやって来たインテリゲンチャの肖像としては、『天馬』に描かれた角井のほうが典型的であり、その生態の真相に迫っていると思えるのだ。つまり、簡単にいえばこちらの人間像のほうが、ストーリー展開のための無理な〝歪《ひず》み〟から少し遠離っているように思えるのである。

一人一人をいちいち対応、対照させてみる余裕はないが、この『天馬』で描かれている「田中」が、いわば外側から客観的に見られた田中英光像ということで、『酔いどれ船』を見るうえでも、面白い視点を提供していると思う。彼は「此頃スランプの中にいて書けないので、流行の満州にでも行ってうろついて来れば違ったレッテルもついて新分野の仕事が出来るかも知れない」と外地に出掛けて来たのであり、ついでに「或る雑誌から朝鮮の知識階級に関する文章」を頼まれたので、朝鮮の文人や文学青年を観察していたのである。そして昔の知り合いの〈玄龍〉に会い、彼が自ら朝鮮民族の悪口をいって、熱情に燃え、泣き顔までをも見せるのに出会って、「やはり朝鮮にも来てよかった」と思うのだ。

内にくすぶっていては島国文学しか出来ないと云うのは全くだ。ここに大陸の人々の苦しむ姿がある。箸にも棒にもかからないような男だった玄龍でさえ、もっと大きな本質的なもののために全身をゆすぶって悩んでいるではないか。そうだ、これこそ朝鮮の知識階級の自己反省として内地に報らせよう。

「田中」の幼稚で安っぽい感激性、感傷癖といったものをよくあらわしている文章だ。そしてその割りには、どこかきちんと計算しているところもあって、文壇的功名心と俗物性が適度にまじりあっている性格をとらえる観察眼は的確である。〝アジア〟や〝朝鮮〟を語る現在の文学者の中にもいそうなタイプで、その意味では日本人として〝普遍〟的であるといえるかもしれない。だが、こうしたタイプをとらえる金史良の眼は、〈玄龍〉の描き方においてもそうだが、冷たく客観的でありながらもどこかヒューマンな〝同情〟をその底部に隠し持っているように感じられる。これは角井（＝唐島）、大村（＝都田）といった『酔いどれ船』と共通する他のモデル的人物においてもそうで、田中英光が、ことさらに当時の〝大陸浪人〟や、〝軍部の黒幕〟といったイメージを思い浮かばせる悪玉めいた衣装を彼らにまといつかせているのに対し、その卑小性や俗物性を含めて、等身大の姿を描いているという感がするのである。

もちろん、私はここで金史良と田中英光の人間観察眼や描写力の優劣を語ろうとしているわけではない。ただ、金史良の『天馬』によって、その事実関係の多くを知られることのない

『酔いどれ船』という作品を、「相対化」して見る視点が得られるということなのだ。

　金史良が〈玄龍〉を描いたときには、〈我われ《ウリ》〉の問題として朝鮮人知識人（日帝植民地下における）の一典型としての玄龍的人物が目の前にあったのであり、そういう意味では金史良のこの作品には「玄龍とは私だ」という作家の低い呟きが込められているのである。そうした立場から眺めれば、日本人「田中」「大村」「角井」といった人物も戯画的な肖像とはなっても特別の〝悪役〟とはなりえないだろう。彼らもまた植民地下朝鮮での知識人としての悲劇中の人物であるのだから。

　それに対して、田中英光にとっては自分と「唐島―角井」「都田―大村」との距離がどれほどあったかということが重要な核心とならざるをえないのだ。つまり、〈内鮮一体〉運動、〈国民文学〉キャンペーンに追随はしたけれど主唱はしなかった、自らデスペレートでデカダンな生活を送ったけれど「友人は売らなかった」。この五十歩と百歩との差違が日本人同士の場合大きなものとしてある、と彼は考えているわけである。だから、『酔いどれ船』の中でもっとも主人公にとって共感的な朝鮮人は「盧天心」であって、ダブル・スパイとして民族の側にも、その敵の側にも身を委ねなければならなかったヒロインの悲劇に、主人公（＝作者）は心ならずも帝国主義の走狗となった自分自身の姿を〝共犯者〟の思いで投影してみせたのである。つまり、それは在朝鮮の日本人知識人の（良心的な！）自己嫌悪や自責感の反映ではあっても、そうした個々人の心理を超えて働く「政治」や「国家」の論理と対決するようなものではなかったのである。だから、そこには言葉や名前や伝統を異民族に奪われ、その中で根を絶たれてなお〃民族からの亡命者〃として生きなければならなかった朝鮮人文学者、知識人の問題はほとんどその想像力の範囲にとりこむことができなかったのだ。

『酔いどれ船』は、金允植のいうようにたぶん『天馬』という、「田中」および「緑旗」派への攻撃に応《こた》えるために書かれたのだろう。針生一郎は『酔いどれ船』創作の直接の刺激に武田泰淳の『風媒花』があったことを指摘しているが（田中英光全集第二巻解説「行動者の記録」）、内容や登場人物の造型にいたるまでのより直接的な影響と刺激とを与えたのは金史良の『天馬』であり、田中英光はそこで戯画化された自分の姿を見て、その肖像を突き破る意味で『酔いどれ船』の坂本享吉という〃自画像〃を描き出したのである。

だが、それはいささか出し遅れの反証であり、反論であったようだ。なぜなら、田中英光が『酔いどれ船』を書いた当時、その作品を読むことのできる読者の中で〃朝鮮〃の当時の事情を知っているものはほとんどなく、また彼のフィクションをフィクションとして読みとれる者は、物理的にその作品を手にとれるところにはいなかったのだから。金史良は朝鮮半島の〃北〃に、そして『酔いどれ船』でモデルとなった多くの人は、やはり日本と国交のない〃南〃に、といったように、敗戦日本とはほとんど隔離された状態にあったのである。

作品の技術的な意味でいえば、田中英光は盧天心やロシアの少女スパイ・ソーニャの設定などを、『天馬』の〈文素玉〉や〈フランス娘のスパイ・アンナ〉から大幅に借り入れているように思われる。すなわち、先に述べた盧天心のモデル問題でいえば、実在の女流詩人・盧天命はいったん同民族の文学者金史良によって〈文素玉〉としてカリカチュア化され、田中英光はその〈文素玉〉からさらに〈盧天心〉を造りあげたというプロセスを考えることができるのだ。そしてその過程において、金史良が〈文素玉〉において見ていた「彼女も所詮は現代の朝鮮が生み出した不幸な女性の一人である」という視点が削ぎ落とされ、享吉とともに泥沼のような植民地の権謀術数の世界の底を這いまわりながら、なおかつ享吉の〝純潔〟の理想ともなるような〝聖なる娼婦〟〝汚れた聖女〟の役割りを付与されたのである。むろんそれは現実の盧天命も、〈文素玉〉もあずかり知らない、田中英光の〈片想い〉の対象であったことはいうまでもないのである。

5

ところで、『天馬』の主人公である〈玄龍〉、創氏名〈玄の上龍之介〉が、〝日本帰り〟の新進文芸評論家で創氏名〈大江龍之介〉を名乗った金文輯《キムムンチプ》(註16)をモデルにしたものであろうということは、前出の金允植の論文の中でも指摘されている。日本遊学時代には横光利一の弟子であり、小林秀雄とも親交があった（小林秀雄に「金文輯君に」という、彼の小説集『ありらん峠』に触れて私信的に批評した短文がある――「新訂小林秀雄全集」第四巻）といわれる（自称する）この朝鮮人の文学青年は、帰朝後、日本で新しい文学理論を身につけた少壮の批評家、文学理論家、実作者として一時期かなりの活躍をみせていた。彼が新鋭批評家として批評活動を行った成果は一九三八年（昭和十三年）に京城の青色紙社から刊行された『批評文学』（朝鮮語）にまとめられているが、この著書を出して以後、金文輯は急速に〝親日文学〟運動へと傾斜してゆくことになる。

『批評文学』は現在の韓国近代文学史上では「行動主義」を主唱した文芸批評草創期の文学理論としてある程度の評価を受けているが、彼自身はその〝毒舌〟批評と奇矯な性癖とが災いしてか、一九三九年に朝鮮文人協会幹事を辞任した後、文学活動をほぼ中止し、一九四一年に渡日して朝鮮文壇から姿を消している。（参照『親日文学論』）。

その間の彼の文壇的な立場は、金史良の『天馬』によってほぼ推測しうるわけだが、その思想的な変移を彼の批評文によっていくらか検証してみよう。

『批評文学』の巻頭に収められた論文「文学と文学個性」の中で金文輯はこういっている。

私はより良き芸術が、より良きものであると語った。では朝鮮文学においてどんなものがより良き文学となるのか？

敢て私は答える——より朝鮮文学的な文学がより良き文学なのだ！　ならばどんな文学がより朝鮮文学的なのであるか？

私は簡単に答えよう。「朝鮮」でなくては味わえないほど、よいものであればあるほど、より良き朝鮮文学であると。

芸術的全世界において、文学はそれが文学的であるほど、より良き文学なのだ。それと同じく文学的全領野においては、朝鮮的であるほど、より良き朝鮮文学であるというのは、決して妥当しないことではない。

今ではやや観念的に上ずって聞こえなくもないこんな言葉も、近代朝鮮文学において初期の本格的な批評言語であることを思えば、むしろ清新なものであるといえるかもしれない。民族主義（民族語主義）と既成文学の否定、芸術至上主義とモダニズムとが、ひとつの論文に混在、混淆しているその論旨も、当時の朝鮮文壇においては何よりも〝民族語—朝鮮語〟の文学を主張するナショナリスティックな信念の熱っぽさによって文学青年たちを魅きつけたのかもしれない。当時、民族主義的な新鋭作家として知られていた李《イ》石薫《ソクフン》が、「あなたの親愛する文学者は？」という雑誌のアンケートに答えて、蔡万植《チエマンシク》（註17）などの名前とともに金文輯をあげているのもそうした理由からだろう。（『三千里』一九三七年一月号）

「文学はこの記号の総和であり、朝鮮文学は朝鮮語という記号の総和だ」
「この重く輝かしい朝鮮の個性をいっそう輝かせ、いっそう重くあらわす言葉の才能が、もっとも重くもっとも輝かしい朝鮮文学なのだ」

　このような文章が随所に散らばっているこの論文以後、金文輯は旧套的文壇へのスキャンダラスな「毒舌批評」と、〝三次元文学〟〝行動主義〟〝朝鮮文芸学〟といった新趣向のキーワードを駆使して〝モダニズム批評〟を展開する。それは、やはり一九三八年に文芸評論集『文学と知性』(人文社)を出した崔載瑞《チエチエソ》の〝知性主義〟〝主智主義〟の文学理論と並んで、ニューモードの文学思想として流通したのである。(もっとも金文輯自身と崔載瑞とは文壇的には対立的であったが)。

　だが、こうしたモダニズム、あるいはプロレタリア文学から皇国主義、戦争協力へという転回は、一九二〇年代の日本と同様に、植民地朝鮮においても急速にひきおこされていったのである。耽美主義の詩人からいわゆる「傾向派」の作家へと転進、さらに「失ったものは芸術、得たものはイデオロギー」という言葉を残して転向し、のちには〝親日文学者〟となった朴英熙《パクヨンヒ》(『酔いどれ船』の朴寅植のモデルといわれている)などを一例として。

　あるいは一九三七年三月号の「朝鮮文学」では虐殺された小林多喜二を悼んで「懐友」と題する文章を書いていたカップ(朝鮮プロレタリア芸術同盟)系の詩人・金龍済《キムヨンジェ》は、翌々年の三九年四月号の同誌に「戦争文学・亜細亜詩集」の連載を始め、この詩集によって〝第一回国語文芸総督賞〃（朝鮮総督府主催）を受賞するという栄誉を得た。

また、〃主智主義〃の評論家・崔載瑞は自らの主宰した文学誌「人文評論」の後を継いで一九四一年十一月に「国民文学」を創刊し、〃国語〃（日本語）作品専門雑誌（初期には朝鮮語版の号もあった）として、日本の敗戦前まで唯一の文芸雑誌として存続させたのである。

さらに、民族系雑誌「三千里」は朝鮮語雑誌から日本語・朝鮮語混用となり、一九四二年七月号からは「我が皇城二重橋前にルーズベルト、チャーチル、蔣介石が膝を屈し命乞をする時迄」「今や我等には前進あるのみ」などと勇ましい発行人・白山青樹（金東煥《キムトンファン》）(註18)の宣言を掲げて、「大東亜」と改題、再出発を期した。

こうした動きは、主には一九三九年十月に「朝鮮文人協会」が結成され、バスに乗り遅れまいと多数の朝鮮人・日本人文学者が結集した時から顕著となるわけだが、そういう意味では、三九年四月号の「三千里」に「文壇再建論」を、同年九月号の「朝光」に「朝鮮民族の発展的解消論序説」をそれぞれ発表している金文輯は、時代の流れを先取りし、その先駆的な役割をはたしたといえるかもしれない。それらの論文の中で金文輯はどんなことをいっているだろうか。

「内鮮一体」が欺瞞の呪文でなく、真情としての政治モットーというならば、我われ朝鮮人としてはこの上ない有難い言葉ではないか。飢えた者が餅を与えてくれる人を怨む倫理的感情があろうか？　要はその餅が食べられない餅か、あるいはその餅に毒が入っているか、いないかが問題だ。即ちいうところの内鮮一体が実現される日、朝鮮民族が死んでいなくなるのか、生きて永生となるのか？　この設問に対して断然私は後者、生きて永生となるほうに手を挙げざるをえない。……

仮令朝鮮民族を解消して大和民族にすべて混和させることがあったとしても、それは朝鮮民族の滅絶ではなく、実状は朝鮮血族の集大強化ということができるのであって、究極的な内鮮一体を望むには両民族の血液的一元化を果たさなければ不可能なのである。

（「文壇再建論」三千里一九三九年四月号・原文朝鮮語）

これが当時周囲の民族系文学者たちから〃発狂した〃といわれた金文輯の〃朝鮮民族発展的解消論〃だが、しかし、この狂気は間もなく金文輯のみならず、朝鮮文壇、朝鮮文学者のほとんど全体を蔽う暗雲となって植民地朝鮮に増殖し、〃聖地参拝〃〃皇軍慰問〃〃銃後講演〃といった、文学者たちの積極的な戦争協力活動として結実していったのである。

「言語を研《みが》け。言語の朝鮮を研《みが》け」とその初期論文の中で、朝鮮語による朝鮮文学の向上を情熱的に語った新鋭批評家が、程経ずして民族語はおろか、〃民族〃そのものまでをも〃発展的解消〟させることを提起するという、このドラスティックな転回の底部にあるのはいったい何なのか。

それは、植民地朝鮮で近代的教育を受けて、いわゆる近代的自我意識に目覚め、日本へ遊学することによってモダニズムの思想、芸術に触れ、故郷朝鮮に帰っては、自らの近代的意識と故郷の家、故国の社会の根強い封建的、守旧的な思潮との落差に悩むといった〝日本帰り〟の若い知識人のひとつの典型的な思想転回であると思われる。それと同じような経緯をたどった金史良は、金文輯の中にそのような〈我われ《ウリ》〉の問題を見ていたのだろう。金史良の『天馬』が〈玄龍〉的人間像をその卑小さや俗物性において精彩を持ったものとして描き切れたのは、そうした自己投影がそこに苦く含まれていたからである。金允植の前掲論文の一部を引いてみよう。

作品「天馬」の中に浮き彫りされた主人公玄龍は戯画的に処理されているが、その中に流れる社会的批判は民族的悲哀に置かれている。卑屈であり、醜悪な玄龍的人物は見方によってはむしろ真率な方に属するのかもしれないのであり、その文学的重要性はもっとも繊細な文学が時代状況からどのような変質を受けるかということに関係するものとして見ることができる。……

ここで我われが玄龍的俗物性を理解するということはやさしいことだが、しかしこの人物の殉教者的運命と俳優的な運命を同時に把握、理解することはやはり簡単ではないのだ。

金文輯あるいは〈玄龍的人物〉に〃殉教者的運命〃を見ることは、小林多喜二も火野葦平もともに等しく日本軍国主義の犠牲者であるといった複眼的視点を持つということにつながるだろう。単純に金文輯を否定し、その名前を文学史上から抹殺したところで、〈玄龍的人物〉の存在を、ほかならぬ評者自身の内部から根こぎにすることはできないからだ。そういう意味では朝鮮近代文学史における〃親日文学〃の問題は清算されてはいないし、解決済みというわけにはゆかない。むろん、そこに日本帝国主義がどのようにかかわり、また「日本近代文学」がどんな役割りをはたしていたかという問題は、むしろこれまで忘失されていたといっても過言ではないのである。

金文輯が〃殉教〃したのは、さしあたり〈内鮮一体〉という虚構的観念においてだということができよう。むろん、これは朝鮮人の側からみれば、単に朝鮮人の〃皇国民化〃だけを意味していたのではない。張赫宙《チャンヒョクチュ》(註19)(創氏名野口稔、のちに日本に帰化して野口赫宙)は「朝鮮の知識層に訴ふ」(文藝一九三九年二月号・原文日本語)の中で「内鮮一体とは文字の示す通り、内地人と朝鮮人とを、完全に一つにすることを意味し、両者間に何らの差別をおかない、おいてはならんといふことである」と語っている。つまり、彼にとっては、〈内鮮一体〉は植民地朝鮮の日本に対する〃平等主義〃の主張を込めたものにほかならなかったのだ。原理的にいえば、〈内鮮一体〉は、日本人が朝鮮人化することをも含みうるはずである。若い朝鮮人知識人が苦い屈折のはてに、〈内鮮一体〉を思想的に受容していった理由のひとつは、そうしたイデオロギー的変形をほどこしたうえでのことでもあるだろう。虚構の観念でしかない〈内鮮一体〉が、かまびすしく語られたのは、むろん軍事力、警察力という暴力を背後に持っていたためでもあるのだが、もうひとつ、民族の危急存亡の危機を原理的に回避する論理が組み立てられなかったということでもあるだろう。つまり、ことこうした状態に至った民族史の有効な読みかえの作業が、朝鮮人の知識人によって——李《イ》光洙《クアンス》、崔南善《チエナムソン》（註20）兪《ユ》鎮午《チンオ》にしても（いずれも近代朝鮮の代表的文学者）——提起され、提出されることがなかったのだ。そうした近代的ナショナリズムの未成熟が、若い知識人（日本のプロレタリア文学やモダニズムの洗礼を受けた）の〃民族〃からの離脱や、神話的・歴史的な〃日朝同祖論〃への逃避、政府的なプラグマティズムからの〈内鮮一体〉への協力、大アジア主義への共鳴、という形で「暗黒期」「空白期」の〃朝鮮文学史〃を彩《いろど》ったのだ。

日本の民族主義的な転向理論が、農本主義や柳田国男の日本民俗学、折口信夫の国文学を媒介とした保田與重郎の古典論などをたどって、〃民族史観〃〃民族文学論〃にゆきついたことは確かだろう。それは良かれ悪しかれ、「大東亜戦争」をささえるイデオロギーの一種として機能したと同時に、また戦前・戦後のモダニズム批判の源流として伏在したのである。私見では、近代朝鮮において〈内鮮一体〉に抵抗、対立しうる〝民族的論理〟は、宋錫夏《ソンソクハ》(註21)、孫晋泰《ソンチンテ》(註22)などの朝鮮民俗学、崔鉉培《チエヒョンベ》(註23)、李熙昇《イヒスン》(註24)の朝鮮語学、金台俊《キムテジユン》(註25)の『朝鮮小説史』などの古典研究といった形で展開されたと思われるのだが、これらの民族的論理は反〈内鮮一体〉のイデオロギーとして有効に結びついて、〝民族主義〟〝民族思想〟を鮮明に打ち出す方向へとは向かわなかった。むろん、それは総督府支配勢力からの徹底した弾圧を受けたためでもあるが、朝鮮人側にそうした〝民族観〟を統一的なものとしてとらえようとする思想的試みの土台が脆弱であったためともいえよう。そういう意味では、その破産的な最期にもかかわらず、〈内鮮一体〉――「大東亜戦争」の理念は本当の意味で反駁され、論破されて結着をつけられているとはいえないかもしれないのである。

「半島にその日がくるまで、忠勇なるわが将兵と有志諸君、浪人の皆さん……。自重自愛して捲土重来の信念をもって下さい。半島は間違いなく帝国の夢、帝国の秘密であります。何ものにも代えられぬ、何ものにも比べられぬ永遠なる愛であります。……わが将兵よ自重せよ。自愛せよ。帝国の半島万歳。」

崔仁勲《チエインフン》(註26)が一九六七年に発表した「総督の声」(田中明訳『韓国文学名作選1広場』所収)は、日本の敗戦、解放後も生き残った朝鮮総督府地下組織が秘密放送する〝総督の声〟が流れるという設定の寓話的な小説である。ここに〈内鮮一体〉あるいは〝帝国の半島支配〟がまだ息の根をとめられていないいいいという、アイロニカルな視点がある。もちろん表面上に〝総督府〟が生き残っているわけはないのだが、この小説を読んでいるとブラック・ユーモアを通りこして何か不気味な現代史の悪魔的な意志のようなものが感じられるのである。それが半ばにして挫折した〝帝国の半島支配〟、そして〈内鮮一体〉という理念の亡霊の消えやらぬ〝恨《ハン》〟であるような気がしてくるのだ。

6

ここでもう一度『酔いどれ船』という作品に戻ってみよう。『酔いどれ船』が敗戦後(朝鮮半島では〝解放後〟)に、日帝下の朝鮮での出来事を回想する形で書かれていることはいうまでもないが、作者田中英光にとってその執筆時期は、後に『地下室から』で書かれることになる日本共産党沼津地区での党活動(一九四六年五月〜四七年四月)から離脱し、やはり後に『野狐』『さようなら』『聖ヤクザ』などの一連の作品に書かれることになる、いわゆる「たいへんな女」との同棲、葛藤の体験を経た時期ということになる。戦前から戦中、そして戦後へという時代が、日本の近代史においてももっとも動揺と混乱とが激烈であったことはいうまでもないが、朝鮮からの帰国、敗戦、失職、共産党への入党、脱党、家庭放棄、女との同棲、葛藤、刺傷事件、アルコール、アドルム中毒による入院といった敗戦後の田中英光の事跡も相当程度にドラマティックな変転に満ちていた。

こうした〝戦後〟をくぐりぬけてきた田中英光の精神が、いわば牧歌時代の朝鮮を回顧し、その記憶を虚構をまじえながら再構成したとき、はたしてその戦後体験における回心がその時期の追想を変色させなかっただろうか。いや、疑問形で語ることは優柔すぎる。その追想の文章はむしろ〝戦後〟という田中英光の生きていた現実の時代を刻印したものであり、そこからありのままの〝朝鮮時代の田中英光〟を見出すことは困難なのだ。たとえば、針生一郎は『酔いどれ船』の盧天心の中に、田中英光の同棲相手である山崎敬子のイメージを見ることができると書いている（前出全集解説）。いわゆる〝汚れた女〟（田中英光の小説によると同棲相手の女は街娼だったという）を理想の女として幻視し、自らの汚濁に充ちた生活からの救抜を願うという田中英光の精神傾向は、むしろ『酔いどれ船』という作品にもっとも鮮かに見られるといえるのである。そういう意味では盧天心と山崎敬子とは同じタイプの女といえるかもしれない。そして、それは現実の盧天命や「山崎敬子」という生身の女性とはほとんど関係を持たない、田中英光の観念の中でこしらえあげられた女性像にしかすぎないのである。だからこそ、盧天心が彼にとって「朝鮮」という〝片恋〟の相手を象徴するものであったことは、彼の文学にとっても本質的な意味を帯びざるをえないのだ。

田中英光にとって「朝鮮」とは何であったのか。そして、日本の近代文学にとって「アジア」とは何であったのか。こうした問いは性急すぎるかもしれない。しかし、日本人がまず「朝鮮」という鏡によって自らの「アジア性」に目覚めるというプロセスは、ここ半世紀以降連綿と続いていることのように思われるのだ。田中英光が現に京城で生活していた時期に、こうした「朝鮮」という鏡による「アジア」に突きあたっていたとは思えない。『酔いどれ船』の先行作品であり、時期的にそれ以前の京城での生活体験を描いた『愛と青春と生活』の中では、主人公の〈私〉の会社生活、恋愛と結婚に至るまでの経緯が、青春小説風に書きとめられているだけで、「朝鮮」もしくは「朝鮮人」は、それらのストーリーの背景に点描されているにしかすぎないのである。

だから、『酔いどれ船』は、田中英光の学生時代の左翼運動への失望とそこからの離脱、さらに『地下室から』に描かれた共産党入党から離党の体験という二重の「革命」幻想の挫折と幻滅の経験とを経て、初めて書かれえた日本革命と自己革新への〈絶望の書〉であり、そうした体験が熾火のように盧天心の朝鮮、ロシアの少女ソーニャのソビエト・ロシアといった共産革命という〈見果てぬ夢〉への主人公享吉の同伴者的な〃共感〃となって、作品の底流に流れているのである。

つまり、田中英光は『酔いどれ船』を一種の転向小説として書いたのであり、カップの転向者たち——作中人物としての朴寅植や安斗昌が陰惨な色調で書かれていることも、モデルとなった崔載瑞がプロレタリア文学に関与したことがないのにことさら「朝鮮の蔵原惟人」として登場人物の崔健栄の過去を粉飾してみせたことも、『酔いどれ船』という作品が〝転向者〟たちのそのさまざまな相を書きあらわすという、ひとつの隠されたモチーフを持っていたためと思われるのである。それはもちろん、共産主義からの転向も、あるいは〝民族〟からの転向も同じ意味としてあったのだ。『酔いどれ船』の中に描かれた朝鮮人文学者たちが悲惨なのは、彼らが共産主義と同時に〝民族〟からも「転向」したからにほかならない。

だが、繰り返しになるが、こうしたものはすべて田中英光にとって、〝戦後的観念〟にほかならなかった。彼が敗戦以前に書いた文章の中には、「朝鮮」を自分の文学的、思想的な課題として考究していた痕跡はほとんど認められない。朝鮮時代の田中英光は、消極的に〈内鮮一体〉の政策に加担し、積極的にはいわゆる「国民文学」のイデオローグとして活動したのであり、それは大村益夫が「田中英光は朝鮮文学界の帝国主義的再編成に力を貸した犯罪者である」（前掲論文）と批判するように、植民地政策の協力者として弾劾されるべきものであるといえるかもしれないのだ。少なくとも、横浜ゴム京城出張所のそれほど有能でも仕事熱心でもなかった一会社員が、自分の意に反して朝鮮文人報国会といった〝御用団体〟を組織させられるといったことは考えられないだろう。つまり彼は自らの意志によって朝鮮文壇にコミットしたのであり、自ら進んで「国民文学」の声に和したはずなのである。

田中英光が植民地朝鮮でのいわゆる国民文学運動においてはたした役割りは明白だ。彼は「諺文《オンモン》」の読めない内地人作家として、〃国語（日本語）一本槍〃であることをむしろ優位の条件として、朝鮮人文学者たちに、〃国語〃で作品を書くことを奨励し、暗に強要したのである。たとえば、「十二月八日の感激」（「朝光」一九四二年十二月号）という随筆文の中で彼はこう書いている。

例へば、ぼくなぞ小説を書く商売柄、いちばん強く感じる内鮮間の障壁はやはり言葉の問題である。話が文学のことに移つてしまふが、現在で小説を読むひとも書くひとも、大低《ママ》上級の学校を出た、或ひは内地の小説を読んだり勉強できる、国語の実力のあるひとである。だから、野談の如き大衆文学はさて置き、少くとも、所謂、純文学に於いては、一足飛びに、現在「国民文学」が率先垂範してゐる如く、国語作品の一本槍で行くことも、時期尚早でないと信ずるが、如何《ママ》ふものであらうか。

田中英光のこれらの文章は朝鮮人文学者からその〃母国語〃を奪い、植民支配者の、宗主国の言語を強制しているといった内心の翳りのようなものはほとんど見あたらない。彼はむしろ好意、善意で〃国語〃使用を半島文学者に薦めている。前に見た「朝鮮を去る日に」の中で、惜別の言葉とともに、「諺文文学を揚棄して、一日も早く国語文学一本建となすべきだ」という余計なお世話を焼いているのも、それが彼にとって何のためらいもない（むろんその心理の奥底までは問わないとして）真理だったからに相違ないだろう。そして、基本的には彼のこうした感覚は、戦後の作品である『酔いどれ船』にもそのまま保存されていると私には感じられるのである。

民族語の運命に敏感であるべき文学者が、他者の民族語に対してかくも冷淡なものかと驚くのは当たらないだろう。もともと自分にとってわけのわからない言語は、それを理解し、学ぼうとすることより、まず軽侮し、圧殺しようとする衝動をひき起こすものなのだから。それは被植民地の人びとにかこまれた環境の中で、植民者が感じる言語的恐怖感に裏打ちされて、民族語抹殺の植民地政策へとつながってゆくだろう。むろん田中英光が朝鮮に渡った一九三〇年代には、朝鮮の植民地化、日本化はかなり進展していて、剝きだしのままで朝鮮語の環境へ放りこまれるといった事態はほぼなくなっていたと考えてよい。つまり彼はそこで〝国語〟を何のひっかかりもなしに、自由に使い、そして当然のように相手にも使わせながら「半ば半島人になった」（「朝鮮の作家」）つもりで植民地朝鮮に住み続けていたのである。

田中英光の言語感覚は、日本語対朝鮮語といった葛藤をまったく経ることなく、またまわりの朝鮮人文学者にそうした葛藤のあることを知ろうともせずに、〝国語〟の文章を、日本文と朝鮮文とがまじりあったヌエのような朝鮮の雑誌に書くことに奇妙さを感じることもなかったのだ。

田中英光のこうした一方的な〃国語〃に収斂される言語感覚は、私には感覚レベルに内在した〈内鮮一体〉であるとしか思えない。すなわち良心的な日本人植民者の場合、〈内鮮一体〉は哀れで貧しい半島人を「日本人」のレベルまで引き上げてやるという形の仁慈としてあったわけだが、田中英光が周囲の文学者に対して〃国語〃で書くことを推奨したことも、その個人的な内部においては良心的で善意あふれる先輩の言としてあったのだ。こうした言語的想像力の欠如が田中英光を帝国主義の手先といった立場へと押しやっていったといえるのだが、これを必ずしも田中英光個人のこととしてとらえるわけにはゆかない。なぜならば、母国語、民族語愛護のイデオロギーは「文学者」に通有のものであって、「文学」それ自体がきわめて排除的な言語的イデオロギーという性質を帯びることはさほど珍しいことではないからだ。

> しかし、国語の作品ははっきり言うと、李無影[註27]さんに限らず、半島の作家たちはこれから始めなければならない。それでも、みんな、決意し、ハリキってはいるが、この諺文から国語への大きな転回期に当って、内地の文壇もジャーナリズムも援助を惜しまないことが大切ではないかと想う。……
>
> しかし、言葉に、国語に、愛情を持つということはいちばんの問題のような気がする。旧い作家で、蔡万植さんというようなひとが、国語を真剣に勉強する積りでいるらしいの

が、ぼくの離鮮直前には見えていた。(註28)李泰俊さんのような有能な作家も早く国語で書かれるようになるといいと思う。

(「朝鮮の作家」初出「新潮」一九四三年二月号——全集第二巻)

小説家としての田中英光がこうした「愛情」という言葉までをも使って、〃日本語というイデオロギー〃を振り回したとき、朝鮮人文学者はそこにもうひとつ「文学」というイデオロギーを見たのではないだろうか。田中英光が無邪気に信じ込んでいたのは「日本語による文学」という、言葉と内面とがぴったりと重なりあう民族語文学のイデオロギーだが、当時の朝鮮人文学者にとっては「朝鮮語」という民族語と「文学」とは必ずしもすき間なくむすびつきあうものではなかったのではないか。つまり、金文輯が朝鮮語による朝鮮文学の樹立を声高に叫んだのは、彼がその論文ではっきり述べているように、それまでの朝鮮語による文学は「文学」ではなかったのであり、そのために彼は既存の朝鮮文壇全体を敵にまわすような獅子奮迅ぶりを見せなければならなかったのだ。そして、こうした展開にはひとつの大きな陥穽があることも彼は身をもって示したといえる。すなわち、彼が日本で学んできた西欧近代的な「文学」が民族語で実現できないならば、むしろ民族語のほうを棄て去るという選択肢もありうるのだという陥穽が。

これはもし開国、近代化のためならば〃外勢〃を頼ってもそれを実現しようとした(註29)金玉均《キムオクギュン》らの〝開化党〟にも通底する本末転倒の論理ということができるだろう。だが、こうした「タライの水といっしょに赤ん坊を棄てる」といった事態が日本近代史、朝鮮近代史においてしばしば見られるものであることも否定できないのだ。それは〝近代化〟に遅れをとった国家群が体験しなければならなかった避けようのない試錬であったともいえよう。田中英光が「日本語＝文学」というイデオロギーを振りかざしたとき、それに呼応する朝鮮人文学者たちは、「日本」に魂を売り渡したのではなく、立ち遅れた自民族を引きたててゆかねばならない〝近代〟（文学）、あるいはその幻影に魂を売ったのである。

7

坂本享吉と盧天心――北村透谷の口真似をしていえば、この二人の〈恋愛〉こそ『酔いどれ船』という小説の〈秘鑰《ひやく》〉であり、〈脳髄〉であるといえるだろう。それ以外のものは極端にいうと作家田中英光が当時書き散らしていた探偵小説仕立ての〝読みもの〟にしかすぎないのだ。享吉との深夜の散策の場面で盧天心はこういう。

「坂本さん、これからお友達になって下さいネ。男と女だから駄目かしら」

享吉は詰らない質問だと思いながら、こう答える。

「そう、お互いに、どこかで憎みあっているからな。それより、もう宿屋もなにもダメだし、南山のほうに歩いてみましょうか」と。

小説の中でもこの二人の男女はいつも擦れ違っている。享吉は盧天心の一言、一挙手一投足に翻弄され、盧天心は享吉の気持が痛いほどにわかっているのに、互いにそのそばへ行くことのできないさまざまな事情や理由が二人の間を阻むのだ。擦れ違いばかりのメロドラマさながら、彼らは互いに心魅かれながらたった一度の〝きれいな口づけ〟で永遠に別れるのである。

この享吉と盧天心とのかかわりに、田中英光が自分と「朝鮮」とのかかわりを二重映しにしていると思われることは、これまで触れてきたとおりである。だから、そうした文脈でこの二人の会話を読みかえるとこうなるだろう。「(友達になるには)日本人と朝鮮人だから駄目かしら」「そう、お互いに、どこかで憎みあっているからな」と。

ここで田中英光は自分たちが〝共犯者〟であること(むろん〝主犯〟は日本側なのだが)、そしてその犯罪を犯した自分たちの弱さや卑劣さを互いに〝憎み〟あっていることを言いあてている。盧天心は自民族を裏切るスパイであり、享吉は悪魔に魂を売り渡した破廉恥な権力の狗となりはてている。二人は互いに自分たちの怯懦や自虐や汚濁にまみれた生の姿をさらしながら、なおかつそこに一点の〝純潔〟を見出そうとしているようだ。

彼らが深夜の京城の街をさまよった頃からほぼ一年前、同じ京城に住んでいた一人の学生詩人は、そうした〝純潔〟への想いをこんな詩でうたっている。

死ぬ日まで　空をあおぎ
一点の恥じらいのないことを、
葉あいにそよぐ　風にも
私は　心悲しませた。
星をうたう心で
生きて死ぬるものたちを愛さねば
そして　私に与えられた道を
歩いてゆかねば。

今夜も星が風に吹かれている。

（尹東柱《ユントンジュ》「序詩」『空と風と星と詩』所収）

しかし、こうした〝純潔〟で〝恥じらいのないこと〟を願う精神を持った詩人の行末が、解放目前（四五年二月）の福岡刑務所での獄中死であったことを日本人は知っておくべきだと思う。

いずれにしろ、享吉や盧天心の憧れる清潔な恋、魂の純潔さは、死を代価としてしか求めることのできないものだったのだ。そして生を投げ出したところで、すでに〃汚れ〃てしまった心と体はもはや取り返しようがないのである。田中英光は、おそらく植民地朝鮮での自らの犯罪行為の意味を、酒の酔いから醒めるように戦後においてはじめて自覚しえたのではないかと思う。むろん、デスペレートでデカダンスの京城生活がまったくの拵え物だというのではなく、それはただ生活の息苦しさにもがいていただけのことであって、共揺れする〈酔いどれ船〉から陸地《おか》へ降りたったとき、あらためて自分の酔いの深さに気がついたということではないのか。そのとき、彼がイメージしたのは、天駆ける白鳥伝説のような可憐な女性としての「朝鮮」であり、その面影を抱きながら自己流謫の〈冥府めぐり〉をする自分の姿に重ねあわされる「日本」なのである。

『酔いどれ船』の結末部分が、彼のこうした私的な罪責感と、敗戦後の日本のアジアへの加害意識とが二重映しとなった自己処罰の衝動に動かされたものであることは、推測に難くないだろう。だが、「一億総ザンゲ」といった自己罪責の処理があいまいで、本当の意味での戦争責任を免罪、隠蔽することになったことと同様に、『酔いどれ船』の結末も真の意味で問題を〃処理〃しきれていないと考えざるをえない。結語をもう一度見てみよう。

ここでは、享吉が最後までアル中による妄想症として振舞い、盧天心への清らかな愛情の前に、誰も友人を売らなかったことだけつけ加えておきたい。これは坂本享吉と盧天心の奇妙な恋の物語なのである。

たしかにこれは「奇妙な恋の物語」だ。本当に愛しあっているかどうか保証の何もない（それは浮気心でないとはいいきれないだろう）、妻子持ちの男（いずれこの妻子を棄てることは目に見えるようだ）と、パトロン持ちの女とが互いに〝大学生〟のような〝清潔な恋愛〟を夢見ること自体がいささか浮世離れしていて奇妙だが、それに絡む事件というのもこの奇妙な恋に劣らず〝童話〟じみている。（あるいは〝劇画風〟といったほうがよいだろうか）。そういう意味ではこの物語の根拠は、京城という都市の、その場末近い酒場で飲み、酔っているという〝酔いどれた〟アル中の妄想にしか根ざしていないように感じられるのだ。享吉の盧天心への愛——それはまさしく「まるでなかった現代の恋のお伽噺」であり、子どもじみた空想的な片恋、片想いにほかならず、そしてまた、田中英光が『酔いどれ船』の中で描いた「朝鮮」への思い入れとぴったり重なっているのである。

実体のない愛、そして根拠のない空想的な思い込みといったら言葉が過ぎるだろうか。いや、『酔いどれ船』の中で作者は作中の若い朝鮮娘にこういわせている。

「日本人は坂本さんでもダメ。本当に朝鮮を愛しているなら、まず朝鮮語を勉強するものよ」と。

これは前に引いた田中英光自身が主張していたこと——「国語」「言葉」への愛情なしには

「日本人文学者」となりきることはできない――という「国語」文学論とまさしく好一対の言葉だろう。そういう意味では、「国語」文学を書いた朝鮮人の〝親日文学者〟がけっして日本へ対する本当の愛情など持っていなかったように、主人公の坂本享吉も、作者の田中英光も「朝鮮」を愛してはいなかったし、愛するすべを知ってもいなかった。彼の〝愛情〟の形は、朝鮮人文学者に〝国語常用〟を押しつけ、日本語で語りあい、互いにわかりあえる関係をつくろうとしたものにしかすぎなかったのであり、それは朝鮮人を日本人の側へ引き上げようとする甚だ身勝手な「善意」「愛情」であったとしかいいようのないものなのである。

これが田中英光の〈内鮮一体〉にほかならなかった。片想いの、片恋の「朝鮮」――しかし、それが現実的にはまやかしとしかいいようのない、空想的なものであったことは、実は田中英光自身がまたよく知りえていたことでもあったのだ。

『酔いどれ船』の中には、こうした偽善の匂いのする日本人の「朝鮮」への片恋の物語の対極として、こんな日本人も登場するのだ。

「あんた警察も朝鮮の巡査ですぜ。奴らは馴れ合って、日本人をバカにしていやがるんだ。わしらがはじめて、日本からこっちにきた時はこんなじゃない。朝鮮人は、日本人の前を通るのもビクビクしていたんだ。それが戦争以来、朝鮮人も日本人だなんて、煽《おだ》てるもんだから、この頃、奴らはすっかり増長して、日本人の店でタダ食いまでしようとしやがる。こんな奴ら、半殺しの目に合さなけりゃダメだ。なに殺しちまってもいいんだ」

典型的な植民一世の渡り者日本人のセリフといえるわけだが、この、ただ食いしようとした朝鮮人少年を残虐に殴りつける「おでん屋」の主人が〝告発〟しているのは、逆の意味での〈内鮮一体〉の欺瞞性なのである。日本人と朝鮮人との距離が、差違が、そして差別がないはずがない。そこに一本の越えがたい線が引かれてあることは、底辺において擦れあっているからこそ、下層の日本人、朝鮮人同士では自明のことであったのだ。この「おでん屋」の主人が、作者に「残忍」で、「気違いじみ」た「狂人」のように見え、「狂的《モノメニヤック》な眼を光らせる」のは、意識の深層の部分でまわりの被植民地人からの「無気味な」「底知れぬ冷え冷えとした」ものに脅かされていたからにほかならない。ちょうどそれは、一九二三年の関東大震災の際の朝鮮人虐殺が、一九一九年の三・一運動で朝鮮人たちが示した怒りに対しての、日本人側の無意識層での恐怖が原因であったことと同様のことなのである。

しかも、この朝鮮人と日本人との越えがたい一線は〈内鮮一体〉が声高に叫ばれれば叫ばれるほど、むしろ隠微に、そして強固になっていったと思われるのだ。まやかしのスローガンのもとで、けっしてまやかしでも誇張でもない〈同床異夢〉の現実は、たとえば、金達寿の『玄海灘』の中のこんな文章からもうかがうことができる。

「おう！」と古屋が急に奇態な声を発したので、敬泰はふっとわれにかえった。そこは日本人遊郭と、朝鮮人娼家のならんでいる新町の入口であった。……

右手がゆるやかなのぼり勾配の広い通りになっていて、両側には、各階に提灯をならべてともした大きな遊郭の建物がぎっしりと立ちならんでいた。そのようなはでやかな外観の光景は、太平洋の戦争のためにすたれて、日本ではもうみられないはずのものであったが、この植民地朝鮮ではそれがまだ許されているのであった。

「さて、ではここでわかれるとしようかな。おれはこっちで、君は向うだ。では……」

古屋立吉はそういうと、敬泰の肩に組みかけていた腕をはずして、新町の奥の方を指さし、彼はそこの日本人遊郭へ向ってひょろひょろと歩いていった。

まさに、人と人とが身を擦りあわせて集まる場所だけに、そこに日本人と朝鮮人の間に越えがたい一線が引かれ、〈内鮮一体〉の虚構性はその底部において誰の目にも明白なものとなっていたのである。だが、そうした事実もやはり「おれはこっちで、君は向うだ」と、線のこちら側から向うへと押しやられる立場のものの痛覚が、そこに介在するかどうかということによって、目に見える情景もほとんど一変するだろう。つまり、在鮮の日本人にとってそれは単なる地図上の〝線引き〟にしかすぎないのだが、朝鮮人にとっては生身の自分を排除する権力支配と差別そのものの〝活き活きとした〟境界線、〈内鮮一体〉という美名で弥縫されながらもまざまざと〝剝きだし〟にされた民族間の不連続線にほかならないのである。

『酔いどれ船』という小説は、その一面からいえば、一九四〇年代前半期の京城を舞台とした都市小説という趣きを持っている。作品の舞台は京城―釜山―京城というように移動するのだが、基本的には京城の下町――特に享吉が毎夜のように酒色に耽溺する京城の〈魔窟〉、特飲街が中心舞台であり、そのさまざまな小路、路地、裏道を主人公はある時は酔い歩き、ある時は駆けぬけ、さらにある時はさまよい、うろつくのである。

女主人公の盧天心と深夜連れだって歩く旭町、本町、明治町などの繁華街、南山の麓から山上にかけての官庁街、住宅街、そして公園、神社。あるいは友人の則竹といっしょに喪家の犬のようにうろつきまわる「迷路に似た、朝鮮淫売窟」と、日本人遊廓と待合とが軒を並べた新町。反逆者とスパイと特高警察が入り乱れて走りまわり、潜伏し、暗躍する〝朝鮮人街〟の鐘路裏……。

主人公の享吉の行動半径はほぼ当時の京城府の中心市街の範囲と重なっており、彼の行動の軌跡をたどってみれば、南山という小高い丘を中心として（その中腹に京城神社があった）商業街、官庁街、日本人街がその麓にかたまり、それを包囲するように朝鮮人街が広がり、さらにその外側を旧漢城（ソウルの李朝時代の旧名）の城壁と北岳山などの要害が都市内とその外とを遮っているという京城の市街図が、ほぼ正確に描《か》きあらわせるのである。

おそらく、このことは青線・赤線地帯に入りびたり、『曙町』といった〝地名〟のある小説を書いた作者の小説家としての〈土地カン〉の良さといった要素もあるのだろうが、本質的にはその当時の京城が〝日本人街〟と〝朝鮮人街〟という二つに区分された境界線を持った双面の都市であって、それがその街の住民たちの意識を、光と影の二つに染めわけ、ほとんど無意識に動物めいた鋭敏なテリトリー感覚を促したものと考えられるのだ。

たとえば、朝鮮総督府の役人を父に持ち、植民者二世として京城で生まれ育った梶山季之はそうした感覚をこんなふうに書いている。


京城に住みながら、梶は滅多に鐘路界隈を歩かない。そこは純粋な朝鮮人町で、ひとりで歩いていると何故かひどく心細い感情にしめつけられるからだ。極言すると無気味だった。何も朝鮮人たちが日本人に敵意をみせるのでは決してないけれど、底知れぬ冷え冷えとしたものが生《なま》のまま梶には伝ってくるような気がした。

（『霓のなか』）


つまり、朝鮮人の側にとっても日本人側にとっても、植民者と被植民者との間の〝見えない壁〟は歴然としてあったのであり、それは個人の内部にまで「無気味」で、「冷え冷えとしたもの」として影を落としていたのである。

『酔いどれ船』の中の一節にはこうある。

新町は、坂下が、迷路に似た、朝鮮淫売窟であり、坂上が、日本人遊廓と、待合。坂の中途で、その両者が混合している。日本人の遊廓は衛生的な感じであり、淫売街《カルボコリ》は貧寒な感じである。その中で、中国人の魔窟だけは、さすがに魔窟じみた雰囲気があり、面白いが、これは衛生的な日本人官憲が、西小門町に孤立させているので、新町はそれだけ詰らなくなっている。

坂の下の〝朝鮮〟と坂の上の〝日本〟――むろんこれは単なる位置関係だけではありえない。衛生と非衛生、富裕と貧寒、秩序と無秩序、管理と放縦といった対極的な価値観がそこにはくっきりと投影され、基本的には混じりあうことのない二つの世界が形づくられているのである。しかし、田中英光が『酔いどれ船』の中で描いたこの街と、先に引いた金達寿の『玄海灘』の中での〝同じ街〟の光景がはっきりと異なっていることは明らかだろう。田中英光にとってこの「二つの世界」は、「面白い」と「詰らない」という二つの価値観のレベルでしか感覚されていないのであり、それはいってみればエキゾチックなものへの好奇心や、陋巷趣味といったものとあまり隔たったものではないのだ。つまり、そこには〝こっち〟と〝向う側〟として差別され、区別されるものの〈痛み〉は存在していないのであり、あくまでも頭の中でとらえられた民族間の不連続線にしかすぎないのである。(だから、それは梶山季之の文章にある「無気味」さ、「冷え冷えとしたもの」についての感受性も欠けている)。

だが、だからといって田中英光を批判するならば、その難詰の言葉はただちに自分たちに返ってくるだろう。なぜなら、もうひとりの〝天心〟――岡倉天心の「アジアは一なり」の言葉以降、日本人のアジアへのかかわり自体がまさしく〝片想い〟〝片恋慕〟でしかなかったことは、満州帝国から大東亜戦争、さらにベトナム反戦から第三世界論に至るまで、近現代史を通じて鮮かに証明されてきた事柄にほかならないからだ。それは、アジア的停滞や迷妄から離陸しようとした日本が、その経済的、国家的な達成ののち、今度は観念的にアジアの地に着地しようという試みなのであって、着地しようとする足元はつねに揺れ動く虚構としてのアジアの地というべきものなのである。田中英光は、いってみればこうした〝片想い〟の系譜そのままに連なって「朝鮮」への純愛をいささか薄汚れた「白鳥の歌」に仕立てあげようとした、そういう意味においてはきわめて〝日本的〟な小説家であったといえるのだ。

それをたとえば私たちは田中英光という〝作家論〟に還元して考えることができるかもしれない。なぜならそれはきわめてナルシスティックな〝自己愛〟の産物であるともいえるからだ。多くを語るまでもなく、デビュー作の『オリンポスの果実』から、田中英光がつねに一方的な〝片恋〟をつのらせ、その〝片恋〟の奔流のままに〈純〉な感情を吐露し、〝垂れ流し〟にしてきた作家であることを私たちは知っていたはずだ。ロサンゼルス・オリンピックへ日本選手団として同行した女子選手への、いささか綿々とした恋慕を書きつづった『オリンポスの果実』が、その結末の一句——「あなたは、いったい、ぼくが好きだったのでしょうか」——において、その〝恋〟が一人よがりの片想いでしかなかったことを語っていることはよく知られているだろう。そして、それはまた、戦後共産党神話の崩壊を導いていった先駆的な作品として評価された『地下室から』が、単純な形で読みこめば、コミュニズム、共産党への、やや身勝手な〝片想い〟に憑かれた小説家が、日常の党活動の中でその百年の恋からさめた幻滅を書きつづった作品として読みうることともつながっているのである。その早い死の直前に書かれた「たいへんな女」ものの小説が、彼の憧れやまぬ女性的なるもの（聖娼婦、少女と娼婦とが混在した女）への挽歌であり、そして太宰治の墓前での自殺という彼の死自体が、ナルシシズムと「文学」への過剰な〝片恋〟とから帰結したものであるといっても、それほど的はずれとはならないはずだ。つまり、田中英光の文学自体が、ひとつの不定的な対象へ向けての自己愛の投影としての〈片恋〉なのであり、それはオリンピックの女子選手、「朝鮮」、コミュニズム、文学的デカダンスといったさまざまな「神」をめぐっての、〝わがままな大男〟の〈地上遍歴〉だったのである。

しかし、それらが単に田中英光の個人的な人格や特殊な個性や感性、性癖に還元されうるならば、彼について、あるいは彼の「朝鮮」についてこれ以上語る必要は私たちにはないだろう。そこから私たちに返ってくる問題は、あくまでも田中英光という作家、『酔いどれ船』という作品が、私たちのアジアへのかかわりについての、ひとつの〝典型〟であったということであり、そして「朝鮮」あるいは「アジア」に対面するとき、私たちはどんな幻影のもとに——どんな神の光のもとに——その相手を見ているのかということである。

相手に自らの見果てぬ夢、幻影を押しかぶらせ、美しい白鳥であれ、汚れた白鳥であれ、ひたすら〝片想い〟の対象として夢見ようとする者は、いつか幻滅し、またほかの片恋慕の対象を見出して移り歩いてゆくだけだろう。八紘一宇——大東亜戦争からアメリカ型戦後民主主義、スターリニズム的国際共産主義から中国的永久革命論とベトナム式民族解放理論、さらに第三世界論から反核運動に至るまで、私たちは自分たちの「神」を変え、そのつど愛憎の相を変容させてきたのだ。それはたしかにそのつどにおいては真率なものであったかもしれない。そして、そのことの帰結は誰もが忘れ、あるいは忘れたふりをして、やがて時の流れが押し流してしまったのである……。

田中英光の『酔いどれ船』が思い出されなければならないのはこのためである。私たちは忘れてはならないことをあっさりと忘れ、そうした体験や事実から汲みとるべきものを棄てて、また同じようなこと（むろん形はそれなりに違っているが）を繰り返そうとしている。〝アジア〟に対する〈片想い〉とその帰結に対する無責任という構図は、その系譜を途切らせずに続いているのであり、その意味において日本の戦前も戦後もありえないのである。片恋が片恋のままでいるうちは、幼稚で青臭いものであっても、それなりに「美しく」「懐しい」ものであるだろう。しかし、一夜の〈一体〉となった束の間の夢から醒めはてて（それは相手にとってはいまわしい悪夢であったかもしれないのだ）、互いに別の道を歩もうとするとき、その夢の帰結の重荷は、つねに貧しい者、弱い者の側に押しかぶせられてきたのである。

これは田中英光の〈酔いどれ船〉と無縁のことではないだろう。次に私は〈酔いどれ船〉に乗り合わせた者たちが、どんな航路をたどってそれぞれの〝夢〟を決算しなければならなかったかをたどり、この船旅の意味をもう一度問いかえしてみようと思う。

第二章　ソウル・一九五〇年夏

1

年おいた山梨の木に　年おいた園丁は
林檎の嫩枝《わかえだ》を接木《つぎき》した
研ぎすまされたナイフをを《ママ》いて
うそさむい　瑠璃色の空に紫煙《けむり》を流した
そんなことが　出来るのでせうか
やをら　園丁の妻は首をかしげた

やがて　躑躅が売笑した
やがて　柳が淫蕩した

年おいた山梨の木にも　申訳のやうに
二輪半の林檎が咲いた
そんなことも　出来るのですね
園丁の妻も　はじめて笑つた

そして　柳は失恋した
そして　躑躅は老いぼれた
私が死んでしまつた頃には
年おいた　園丁は考へた
この枝にも　林檎が実《な》るだらう
そして　私が忘られる頃には

なるほど　園丁は死んでしまつた
なるほど　園丁は忘られてしまつた
年おいた山梨の木には　思出のやうに
林檎のほつぺたが　たわわに光つた

そんなことも　出来るのですね
園丁の妻も　いまは亡《な》かつた

月田茂という創氏名を名乗った金鍾漢《キムジョンハン》（註30）の「一枝について」（原文日本語『たらちねのうた』一九四三年人文社所収）という詩である。この詩がいわゆる〈内鮮一体〉のテーマをうたったものであることは、現在では改めて指摘されなければ気がつかないことかもしれない。詩人は詩集の「あとがき」の中で自らこう書いている。

「『一枝について』では、内鮮一体に献身するひとりの文化人の、運命の因果の美しさと悲しさとを寓意しやう《ママ》とした」と。

　しかし、成心なくこの詩を読めば、そんな生臭い〝時局的〟な意味を見出すこと自体に、異和感をおぼえざるをえないのである。山の中の果樹園を背景とした年老いた園丁とその妻との何気ない会話――山梨に接木した林檎が花開くだろうか、そして実を生《な》らすことができるだろうか――魔術のような夫の園芸技術に妻は驚きと懐疑とを隠し切れない。しかし、月日が経《た》ち、時が満ちるとその接木した林檎の枝にも花が咲いた。妻は不可能なことを可能にした夫の技倆と、自然の底知れない驚異と神秘とにうたれて思わずつぶやく。「そんなことが出来るのでせうか」「そんなことも出来るのですね」と。

私がこの一篇の詩から受けるのは、一種の自然観のようなもの、言葉にしてしまえば揮発してしまいそうな、〝時の流れ〟に黙々と従って生きることの東洋的な諦念を含んだ「自然観」のようなものだ。（それと、ほのかな夫婦愛のようなもの。このことを無理に〈内鮮一体〉と結びつければ、この夫と妻を日本人と朝鮮人のカップルとして考えてみることもできるだろう）。

敗戦後の日本人にとって文字通り「国破れて、山河在り」といった〝日本的〟な（実は中国・朝鮮・日本的な）自然へと回帰する心情が希求されたように（田中冬二の詩が好んで読まれたように）、亡国の憂き目に出あった朝鮮人にとっても、改めて〝民族の故郷《ふるさと》〟としての朝鮮半島の山河、自然が見出されたのである。日本の四季派に比定されるべき「青鹿派《チョンノクパ》」の詩人たち――朴木月《パクモクウオル》（註31）、朴斗鎮《パクトチン》（註32）、趙芝薫《チョジフン》（註33）の合同詩集『青鹿集』（一九四六年）の名に由来する――の民謡調、田園詩風、自然鑑賞的な抒情詩が四〇年代に書かれたのも、そうした〝自然回帰〟（現実の回避であったともいえるのだが）の風潮に見合ったものとしてあったのだ。この「青鹿派」の詩人たちとほぼ同時期に同じ「文章」誌でデビューしたのが金鍾漢であり、彼はもともと〝民族主義〟的な詩人、いささか古風な民謡風の抒情詩を得意とする詩人として知られていたのである。

彼が〈親日文学者〉に「転向した時期は、四二年三月、〈国民文学〉の編集を担当したときから」だろうと林鍾国（『親日文学論』）は推測している。しかし、「国民文学」誌が〈内鮮一体〉を推進し、〝国語常用〟を朝鮮人たちに強制する性格の雑誌であったとしても、その編集に手を染めただけで、〃転向〃したと決めつけることはいささか乱暴すぎる。たとえば金達寿の回想（前掲「太平洋戦争下の朝鮮文学」、この文章には「金鐘《ママ》漢の思い出を中心に」という副題が付けられている）では、金鍾漢は「国民文学」の主宰者であり、彼の直接の上司である崔載瑞について、〃「あんなもの」という意味を言外にただよわせる〃口調で語っていたという。それは互いに〃民族の敵〃に魂を売り渡してしまった者同士の五十歩百歩の蔑みあい、憎しみあいということもできるだろうが、金鍾漢の心根の底には〃皇国思想〃や〃天皇の赤子〃をこれ見よがしに語り散らす同胞たちに対する、言いようのない憤りが蟠っていたのだと思う。

　魂を売ってしまったのは事実だとしても、それを自らの傷としてひっそりと抱えておくことができないのか。私には金鍾漢が崔載瑞や李光洙らに感じていたのは、そうした低い怒りであったように思える。むろん、そのような「うっ屈」が何ものでもなかったことは事実だとしても。

金鍾漢は「国民文学」一九四二年十月号の座談会「国民文学の一年を語る」で、日本人側田中英光、宮崎清太郎、杉本長夫、朝鮮人側崔載瑞、兪鎮午、白鉄、牧洋（李石薫）などの出席者の一人として発言している。その中にこんなやりとりがある。

金（鍾漢）　これからは、朝鮮文学の概念の中には、半島の地理に安心立命しようとする内地人の作家も加わるわけですが、その場合はやはり半島の生活に徹する覚悟で加わって頂きたいですね。それでないと、意味がないと思うし、もし半島の土に徹する勇気がなければ、やはり東京でやるべきでしょうね。

田中（英光）　僕は、朝鮮で書いても、戦地で書いても、東京で書いても、一つの伝統を身につけているのです。……金さんの持論のように、内地の作家が半島で文学を書く意味を三通りに分けて、一つは半島の人の生活を書くとか、もう一つは内地の作家が朝鮮に暮らしていてその特殊な生活感情を書く、もう一つは内鮮文化の交流ということを言われたのですが。それは原則として正しいと思う。しかしそれは、原則としてであって、僕はそうは言えないと思う。

牧（洋）　田中さんは、朝鮮の生活が身についていないから、朝鮮が書けないのであって、例えば、パール・バックは支那人以上に支那を書いている。支那人のように書けない部分もありますがね。

（田中英光全集第十巻）

金鍾漢、田中英光、牧洋のそれぞれの〝国民文学〟に対する考え方はむろん違うのだが、それよりもここでは金鍾漢、牧洋が「国民文学」の理念を建て前どおりに忠実に読みとり、それを主張することによって、「朝鮮」でも「戦地」でも「東京」でも「一つの伝統を身につけている」などと、怠惰で優位的な立場に安住している内地人作家に対して、言外の非難を浴びせていることが重要であると思う。国民文学という理念がほんとうに民族、土俗、民俗の間から生まれてくる文学をすくい出してくるものであるならば、半島の〝国民文学〟は半島の人びとの生活そのものから出てくるものでなければならない。内地人が半島のことを書き、半島での国民文学を主張するならば、その「土に徹する」覚悟が必要だ。これを時局便乗型の国民文学に対する金鍾漢のささやかな抵抗精神と読むことは不都合だろうか。つまり、金鍾漢は、内地人なら内地人が半島へ来ることは拒まないが、その時は半島の土に徹する勇気がなければならないといっているのであり、それは〈内鮮一体〉を鮮かに逆手にとり、田中英光のような〝出稼ぎ的文学者〟に対して、釘を刺しておこうとすることなのだ。

もちろん、金鍾漢のこうした「国民文学論」を後ろ向きで、退嬰的な抗いの形にしかすぎないと一蹴してしまうのは簡単だ。しかし、半ば以上口を塞がれて、なおかつ何かを語ろうとするとき、その言葉が後退的なものにみえ、あるいは迎合的な追従の表現と表面上ほとんど距離のないものと見えてしまうことはやむをえないだろう。問題はむしろそれを〈読む〉側のこととしてある。金子光晴のいわゆる反戦詩を好戦詩や愛国詩と読み違えないという保証は誰にもないのだ。ましてや、その詩人が自らいい開きや自己弁明の道を閉ざされているとしたら。

韓国の季刊文芸雑誌「実践文学」一九八五年春季号は、「親日文学作品選」を特集している。

その中で香山光郎（李光洙）の「新年」、盧天命の「シンガポール陥落」、徐廷柱《ソジヨンジユ》の（註34）「松井伍長頌歌」などと並べて掲載されているのが、金鍾漢の「杏の花のように」という詩だ。これを日本語訳したものを次に掲げてみよう。（一部省略）

杏の花のように
杏の花のように
電光ニュース台にぶらさがる
戦争は　杏の花のように満開でした

音楽が血液のように流れる　今夜
杏の花のように
杏の花のように　舞い落ちる落下傘部隊
落花たちは　花ではないのですか
掃き捨てられるのはなぜですか？

音楽が血液のように流れる　今夜
青燕のように　飛んでくる銃弾に

真っすぐに正中線を　射ぬかれて
杏の花のように　火を吐いて
杏の花のように　落ちて行くユンガー機

音楽は血液のように流れるのに
月暈《つきかさ》のような
月暈のような私の青春と
マジノ線との関係、ですか？
どうかそれだけは聞かないでください

音楽は　血液のように流れ
故郷の家から手紙が来ました
全州白紙の中にぶらさがる
杏の花は
杏の花は戦争のように満開でした

この詩が一種の〝戦争詩〟ではあっても、特別に〈親日詩〉としてとりあげられる根拠がどこにあるのか、私には飲みこみにくい。戦争讃美としてはあまりにも象徴的であり、読み方によっては好戦的であるよりも反戦（厭戦）的であると受けとめられかねないものだと思う。戦争を題材としていること、落下傘、銃弾、戦争といった語彙がまじっていること、そして特に明確な「反戦」や「反日」の感情が表明されていないこと。これがこの詩を〈親日詩〉だとする消極的な根拠であると考えられる。

だが、この詩は読んで明らかなように、杏の花の満開のイメージと戦闘シーンとをモンタージュのように重ねあわせ、そこに無音で悲愴な戦争の〝美〟と満開、落花という自然美とを醸し出しているのである。そして、それは最終的には「故郷の家」から送られて来た「全州白紙」の手紙、その白紙の中の鮮やかな淡紅色としてイメージされる「杏の花」へと帰着してゆくものなのだ。そういう意味では、この「杏の花のように」の詩においても、金鍾漢の〝自然回帰〟の精神傾向ははっきりとうかがえるものであると思う。

つまり、金鍾漢は民族の国家を失ない、民族の姓氏や言葉を奪われながらも、まだ民族そのものの根をおろした「土」（＝自然）は奪われることも、失なわれることもなく、永続してゆくことを信じていたのである。それは、最後に残っていた彼の〝朝鮮の自然〟に対する信頼であった。そしてさらにいえば、そうした〝自然〟があるかぎり、戦争も、併合・植民地化も、金鍾漢の〝朝鮮（民族）〟を根底的に日本化し、奪いとることは不可能なのである。

ぎりぎりのところまで追いつめられ、すべてのもの（国も言語も文化も）を支配者に奪い去られても、「杏の花咲く故郷」や「山梨に接木された林檎の園」は、詩人の心の奥底で生きていて、そうした〝自然〟の生命力——殺戮の場面と同時に満開の花がイメージされるように、死はつねに生の新たな誕生の前提にしかすぎない——こそ、金鍾漢の最後に拠って立つ砦であったのだ。そしてそれが、故郷を失なった都会人、故国を奪いとられた被植民地人たちの感傷的で、抒情的な〝夢の砦〟であったとしても、それが彼らを非難する理由となるだろうか。

「親《チ》日《ニル》」という言葉がきわめて悪徳的に語られている現在までの韓国において、金鍾漢を〝親《チ》日派《ニルパ》詩人《シイン》〟として取りあげることが、日本の敗戦（朝鮮の解放）以前に病没したこの夭折詩人をますます文学史的な忘却へと追いこんでゆく役割りをはたすことは明らかであるだろう。（金鍾漢は一九四四年九月、享年二十八で死去している。それは不節制の末のいわば緩慢な〝自殺〟であったという）。彼がそのこなれた日本語で自作を翻訳した詩集『たらちねのうた』、および自作詩と先輩詩人たちの詩の日本語訳詩集『雪白集』などの作品は、あるいは失なわれ、忘れ去られてもしかたのないものかもしれない。しかし、友人たちの幾人かから「やはり原作の方が美しいね」といわれたという彼の朝鮮語による〝原詩集〟は、〝暗黒期〟の国も言葉も奪われた時代に、ただ一点、朝鮮の「土に徹する」ことによって、民族の起死回生の願いを孕んだ表現として、その地の文学史に記憶されておいてもよいのではないだろうか。私の見た限りでは、金鍾漢の詩集は前述の生前の日本語による二詩集と、死後韓国現代詩文学大系の第二十一巻として編まれた『朴南秀《パクナムス》・金鍾漢』(註35) しかないのである。

金鍾漢は〈内鮮一体〉の夢をうたったが、それは死ぬことによって生を得るという東洋的な〝自然観〟に裏打ちされたものであり、そういう意味では彼は民族や国家を裏切ったかもしれないが、その民族を育てた「土」は裏切らなかった。つまり、彼にとってそうした「土」こそが〝たらちね〟の母《オモニ》のようにすべての朝鮮的なものを産み出し、育《はぐ》んでくれるものにほかならなかったのである。不幸であり、悲劇であったのは、彼の生きていた時代が被植民地支配の時代とちょうど重なっていたことであり、彼がそれからの解放を待たずに死んでしまったことだった。彼は彼が信頼し、最後の拠り所とした朝鮮の「土」(自然)から、再び接木されることなく山梨や林檎が育ってゆく様や、戦闘のイメージに重ねられることのない杏の花の盛りの光景を、目にすることができなかった。ただ、そのかわり、彼は杏の花の故郷が二つに引き裂かれ、一本の山梨、一本の林檎、そして〝たらちね〟の母なる土地が無理矢理に二つに断ち割られる悲劇を目撃することもなかった。これが詩人にとって幸福であったか、不幸であったかは、むろん誰にも答えることはできないのである。

2

朝鮮人詩人のあとに、日本人の詩人を一人とりあげておこう。則武三雄――『酔いどれ船』

の中では〃則竹〃という名前で出てくるお馴染みの人物である。『酔いどれ船』の中で書かれていたプロフィールによれば、彼は学生時代の左翼運動からの「転向者」であり、現在は朝鮮総督府警務局保安課嘱託という、やや堅苦しい職についている。(これは実在の則武三雄の経歴と合致している)。しかし享吉にそそのかされると、京城の都心の噴水で「クソを垂れる」という馬鹿馬鹿しい行為へ奔《はし》るような〃デスペレート〃な「うっ屈」に、やはりとらわれているのである。

『酔いどれ船』の中に描かれた〃則竹〃が、そのまま現実の詩人則武三雄とぴったり重なるわけではないだろう。しかし、『酔いどれ船』という作品の中で、主人公享吉の相棒として、誠実な友人としての役を割り振られているこの人物が、ことさら現実の則武三雄の姿を歪め、曲解して描かれていると考える根拠はあまりない。「純」な魂を持っているばかりに、内地を追われるようにとび出し、大陸の一部で心に染まぬ仕事で糊口をしのいでいる無名の詩人。やや綺麗事として書けばこうなるかもしれない。

だが、別の側面から見れば、それはあまりにも身びいきで、身勝手な〃在鮮日本人像〃ということになるだろう。総督府警務局の嘱託として〈内鮮一体〉、朝鮮人の〈皇国民化〉、徴兵制実施といった〃国策〃に協力しなければならなかった彼は、一面でいえば被害者であっても、他の側面ではまぎれもなく明瞭な被植民地朝鮮人への加害者であった。則武三雄が四〇年代にかけて主に執筆活動を行った「朝光」誌(もと朝鮮語による民族系文芸雑誌。三〇年代末からはその他の雑誌と同様に日本語・朝鮮語混用となる）に書いたものを見てゆけば、文芸時評などの純粋な文学活動のほかに、四二年九月号「徴兵令について」、十二月号「再び十二月八日を迎えて」、四三年七月号「報道演習に参加して」、八月号「軍人精神」、四四年八月号「サイパンの英霊に捧げる」といった、いわゆる〝戦争翼賛〟の文章、作品も少なくないのだ。

たとえば、その中の「サイパンの英霊に捧げる――詩でない詩――」という詩はこんなものである。

私はサイパン島の悲を詠はない
要するに事は詩ではない
あるのは決意のみであり
われわれのすべてが今は戦場に起つてゐるといふ事実だ。
われわれはすべて現在敵を真正面にし
国内に於いても銃を取つて起つてゐる
生産の銃であり輸送の銃であり
献身によつてわれわれのすべてが国家の銃になるのだ。

私は既に詩を思はない

（美は考へなくてもさう簡単に滅びるものではない）
私は唯自分が常在戦場の位置に立てばよい
私だけでなくすべての君達が無私になり
すべてが戦場にあるその日その日を迎へて呉れたら
よいと懐ふ。
さうでなければ戦争には捷てない
（後略）

田中英光が日帝植民地政策の〃文学〃版である朝鮮文人協会などの再編成に力を貸した「犯罪者」であるとしたら、則武三雄はまさに文学者としても、総督府の関係人物としても日帝の朝鮮支配に一臂の力を添えた〃植民地犯罪〃の加害者であることは免がれがたいだろう。（もっとも、彼の戦争翼賛の文章、作品は、一所懸命〃優等生〃的な答案を書こうとして、どこかでポロッと本音の出てしまったような、あまり〃翼賛〃の成果をあげていると思われないものが多い）。

しかし、むろんこの稿は、そうした植民地犯罪を断罪し、指弾することを目的としているわけではない。イデオロギー的立場からの一方的な弾劾によって「文学」を打ち壊すことはできても、「文学」を産み出すことはできないだろう。歴史によって風化されたと思われている問題の中にも実は「現在」にも重なる問題があり、そうした時代の、そうした表現から、現代の私たちにも通じている思考や精神の水脈を見つけ、それを論じることによって、私たちが陥っている陥穽から抜け出すことができる契機があるかもしれないと思うのである。それは私たちが閉ざされた稠密な空間にいて、外部からの視点、外側への眼ざしをきわめて偏向的に、屈折的に受けいれたり、外へと投げかけているということだ。そこから脱出するためにも、過去に行われたさまざまのこと、すでに表現されたいろいろな精神の有り様を知っておくことは無駄にはならないだろう。

では、則武三雄の詩（朝鮮時代の）が、今それを読む私たちにとって持っている意味とは何だろうか。私は、それは金鍾漢の場合とは逆の立場で、「土」から距《へだ》てられていることの悲しみ、自分の本来いる場所ではないところにいる自分に対しての寂寥感、感傷であるということができると思う。一九四二年に自費出版された彼の「小さい」「軽い」詩集である『鴨緑江』の中の詩篇は、こうした〈他郷《タヒャン》〉にある青春の悲哀といったものを、抒情的に詠ったものと評することができるだろう。その中の「回想」と題された一篇——。

邈《とほ》くはなれて思ふのはやさしい
鴨緑江

十年も彼の地にゐた僕が
どうして今まで鴨緑江の冬を詠はなかつたのだらう

僕が思ふのはやさしい鴨緑江
冬でも春の波が歌つてゐるやうな
母のやうに
僕の身内に流れてゐる思慕

（中略）

そして私は再び鴨緑江にきた
けれどもすべては去つてしまつた
いまは誰とまた会はう

この褐色に踏躙られた河面に立つて何を見出さう
河は一メートルの厚さに凍つてはゐるが

既に私の知らない河だ
スケートをして遊んでゐる少年達も
その足下できらめいてゐる銀の刃も
最早私を見識らない

なにかが過ぎて逝つたのだ
なにかがかはつてしまつたのだ

僕の鴨緑江と今は呼べない

むろん、〝回想〟の中だけではなく、もともとから「鴨緑江」は、〈僕〉にとって「遠く」、「見識らない」ものであり、よそよそしいものとしてあったのだ。そのことを確認するためだけの〝北鮮〟への旅。そこで再び出会った「鴨緑江」は、すでに「僕の鴨緑江」とはどうしても呼びえないものに変わってしまっている……。

これは少年期や青年期をいわゆる外地で過ごした世代の共通した感受性であるかもしれない。懐しく、母のように甘え、頬ずりしたいような風景——しかし、その風景の風と土の中へ溶けこんでゆくには、目に見えない一枚の薄い膜（それでいて強靱な）が、自分と外側の風光とを隔てているのである。この距離感が、則武三雄の『鴨緑江』、およびその京城時代に書いた詩篇の中に、清冽な悲哀として醸し出されていると感じられるのである。
もうひとつあげてみよう。「朝光」四四年五月号に発表された「朝鮮風物詩」の中から「仏国寺」と題された詩だ。

私は仏国寺を思ひ泛べる
けれども歌にはならなかつた
わかき日は幾たびか行つた
けれども歌をなさなかつた

仏国寺　その青雲橋
泛影　多宝の塔

今、私は赤い欄干《おばしま》に倚り
われとわが身を確かめる　再び来たと

けれども歌をなさなかつた
そして明日は旅立たう

詩人が新羅の古都慶州にある仏国寺に対する心の構え方が、鴨緑江に向ってのそれとほとんど同じであることに読み手は気がつくだろう。(それは戦争詩についても同じであるだろう)。「僕の鴨緑江」とは呼べない詩人は、ここでも「幾たびか行つた」仏国寺に対して「僕の仏国寺」ということができないのである。だから、それを〝歌〟にすることができなかったのだ。風景の中にある自分を撥《は》ねつける何かがあることを詩人は感受せずにはいられないのだ。それを自己確認するために、彼は「赤い欄干に倚」ってみるのである。

これはまさに金鍾漢が一点、朝鮮の「土」という究極的な〝自然〟を信じることによって、たとえ日本語という外国語によってでも詩作することができたことと、ちょうど正反対の事態といえるだろう。つまり、日本人であり、植民者として渡った則武三雄にとって、ついに朝鮮の「土」に結びついた自然や光景は、母語である日本語では歌い切れないものとしてあったのである。そして、彼がそうした詩と言葉と「土」との、切り離せない結びつきを信じる詩人であればあるほど、彼はただ「歌えない」ことを「歌う」詩人として振る舞うよりほかなかったのだ。

田中英光が日本に帰国した後、雑誌「新潮」で則武三雄のことを「半島の詩人」として紹介したことに、彼が抗議した（「朝鮮時代の英光」全集二巻、月報）というのは、朝鮮人の詩人というふうに誤解されることを嫌がったということではなく、彼自身が「半島の詩人」になり切れないことを、痛みをもって自覚していたからにほかならないだろう。朝鮮を歌うことのできない朝鮮の詩人——則武三雄にとって、田中英光の評言はそんなふうな〝皮肉〟として聞こえたと思われるのだ。

『鴨緑江』は詩集とはいうものの、その大半のページは「鴨緑江紀行」といった散文によって占められている。国境警備の状況を視察するのと同時に、鴨緑江沿岸の住民たちにニュース映画（時局映画）を見せ、「国民精神総動員」運動の本旨を徹底させてゆくという任務——いかにも警務局保安課嘱託の則武三雄にふさわしい出張旅行の記録といえるわけだが、〝匪賊〟たちの出没による国境警備の困難とそれに従事する人たちの犠牲的精神を書きつらねている文章の中にあって、たとえば次のような記述が、時折りチラッとあらわれるのである。

> それは数年前観た、朝鮮映画の「アリラン」の一場面を想起さした。それは今はない羅雲奎といふ俳優が演じた、運命的な悲劇であるが、狂《ママ》える主人公が恋人の愛を斥けて、主屋の壁に「我は朝鮮を愛す」と記すと、朝鮮街の小映画館の薄暗い悪臭と喧噪の人いきれの中から、満場の拍手と騒ぎが起つてしばし鳴りも止まなかつた光景であるが、其時、流

れてゐるある純粋な意識に強く打たれたが、今またその歩みに就ても現在の状勢に於ていかにすべきか再省せしめられた。

この一節からうかがわれる則武三雄の朝鮮へ対するかかわりあいとその感受性――それは薄暗く、異臭のこもる朝鮮人街の小さな映画館の座席に坐って、「我は朝鮮を愛す」という言葉に熱狂することのできない〝異邦人〟としての孤独な、そして寂寥感あふれる疎外の感覚であったといってもよいだろう。つまり、彼がいくら羅雲奎《ナウンギュ》(註36)のその画面に引きこまれ、またそのスクリーンに狂熱的にのめりこんでゆく観客の朝鮮人たちに共感していたとしても、それは日本人としての彼がたやすく同調できることでも、口にし、行為に表すことのできる範囲に属している事柄でもないのである。そのことが彼を、暗く騒がしい映画館の中でただ一人の〝冷静な〟観客となさしめている。しかし、おそらく彼の内部においては、まわりの朝鮮人たちと同じく「我も朝鮮を愛す」という言葉がつぶやかれていたのに違いないのだ。そのことを、「詩」にも文章にもすることのできない焦立ち――則武三雄のやや遅い〝青春〟の「うっ屈」の一部には、確かにそうした「土に徹する」ことのできない、不安定な〝植民地人〟の思いが籠っていたと思われるのである。

内面的に見れば、このようなエトランジェ的、自然的な「土」の親和から切り離されながらも、なお個々の一人一人においては〝良心的〟であった日本人が、当時の朝鮮半島にも数多くいたと思われる。文学的に形象されたものだけをみても、たとえば「国民文学」一九四三年二月号に発表され、その期の芥川賞を受賞した小尾十三の『登攀』にみられる、日本人教育者の肖像などは、植民地支配体制と日本人教育者との軋みあいを描いて、〝在鮮日本人〟の〝良心〟の在り方を、いい意味であれ悪い意味であれ、示したものといえるだろう。

『登攀』では、学生時代に農民運動に関わって学校を退学させられ、転々と放浪した末に、ようやく〝北鮮〟での中学教師の職にありついた〈北原〉という日本人教師が主人公だが、これは則武三雄、田中英光といった〝共産主義運動〟からの脱落者が、それぞれ朝鮮半島や満州に職を得て住みついたことと軌を一にしているだろう。また、前出の「国民文学の一年を語る」の座談会に日本人側として出席しながらも寡黙であった宮崎清太郎のように、自身も病弱であり、なお老母を抱えて〝内地〟では暮らしが立たず、〝京城〟の私立中学校教師としてようやく生活していたという人物などとも共通するところがあるだろう。

こうした〝良心的在鮮日本人文学者〟たちが、結果的に「朝鮮の土」という固有の場所に根を降ろすことができずに、抽象的な〝自然〟概念に近いものへとその文学的感受性の根を収斂させていったことは、植民地における日本人、日本語文学の在り方を考えるうえで示唆するところが大きいだろう。『登攀』においては、作中のさまざまな人間的葛藤（民族間、教師・学生間、夫婦間、同僚間）をいっきょに昇華する手だてとして、標題にもなっている金剛山頂の岩壁への登攀行があるのだが、そこで主人公〈北原〉と、問題の多い〝朝鮮人学生〟安原寿善とは、『暗夜行路』の時任謙作のように、悪天候の山頂で〝大自然〟の霊気に涵されることによって、それぞれ人間的悩みから〝解脱〟するのである。

もちろん、これが在鮮日本人教師としての〈北原〉をとりまく社会的、人間的関係のもろもろの障害や葛藤を、本質的には何ひとつ片付けたものでないことは明らかだ。また、ましてや被植民地人、被差別の位置に置かれている副主人公の朝鮮人学生〈安原〉にとっては、そうした〝自然〟へ向うこと自体が現実からの逃亡、逃避であり、そして屈服でもあるはずなのである。こうした〝解脱〟は、「世の中に片付く問題なんて本当はひとつもない」といった諦観的な認識でもなく、ただ『登攀』という作品において、すべての実際的な解決らしい解決をもとめることが封じ手となっているために、いきおい〝大自然〟の荒々しい生命力、毅然たる冷気、あるいは浩然たる霊気といったものが要請されざるをえなかったということだ。それは、国木田独歩や岩野泡鳴などの〝自然主義〟を矮小化し、その究極的な神秘的存在の近代日本的ないいかえである〝自然〟という哲理を、植民地状況下で政治的に歪曲化させたものにほかならなかったのである。

小尾十三は、当時の「朝鮮」において絶対に解決することのできない難問（それは〝解放〟されれば問題としては雲散霧消する）を解決しないままで昇華させ、燃焼させることによって『登攀』を書き、その問題性によって芥川賞を受賞したのである。彼が、そうした人為的な封じ手である〝解決方法〟が実現してしまった戦後において、見るべきほどの作品を残せずに〝一作きり〟の小説家として終ってしまったのは、彼の小説の主題そのもの（植民地における人間的葛藤という）が時代の変化によってあっさりと置き去りにされてしまい、状況の変遷でまたたくまに風化されてしまうようなものにほかならなかったからだ。それは、おそらく現実の「土」から切り離された観念上の、究極概念としての〝自然〟（主義）の脆さでもあったのである。

3

日帝期から〝解放〟直後まで、京城府において中学校教師として教鞭をとっていた宮崎清太郎は、帰国後数十年して彼の青春時代の「朝鮮」を回想する文章を集めた短篇小説集『さらば朝鮮』と『猿蟹合戦』を自費出版した。その作品集の中からは、「文学」への夢を抱きながら、植民地朝鮮の首府の片隅で〝名もなく、貧しく〟生きていたひとりの日本人文学者の姿が浮かびあがってくるのだが、その作品の中に同時代、同世代の朝鮮人青年の文学志望者の姿も書きとめられていて、その当時の朝鮮文壇の有り様が、田中英光からの視点などとはちょっと違った側面から見た形で垣間みられるのである。たとえば、その「二人の友（オモニ）」と題された短篇の中にこんな文章がある。

李泰俊、兪鎮午、李孝石（註37）など、若い流行作家については、時に、ずいぶん思い切った悪口を言う黄君も、李光洙氏だけは「敬愛」どころか、尊崇《そんすう》、畏敬——聖者とも神人《しんじん》とも、あがめているようだった。「李光洙さんは、街を歩いていて乞食に遇うと、ポロポロ涙をお流しになる。ポケットに手を突っこみ、一円あれば一円、十円あれば十円、頭をさげて乞食にお与えになる。」話の真偽、事の是非を、私は穿《せん》さくしたり、論《あげつら》ったりする気になれぬ。純情な黄君が、自分も涙ぐみながら語ると、私もいつか、素直な、やさしい心になり、そんな李光洙氏を、そんな黄君を、いいなァ、美しいなァと思う。

（『猿蟹合戦』所収）

李光洙《イクァンス》という名前が、朝鮮近代文学で〝特別〟な意味を持っていたことがこうした証言によって明らかになると思う。ひとりの文学者が、ただその文学作品の優秀性だけによってではなく、人間としての高潔性、人格者としての品位の高さによって尊敬されている例は、世界文学においてはトルストイやタゴールや魯迅などがいるが、李光洙はこうした意味において、まさに朝鮮近代文学の〝父〟であり、〝民族の象徴〟といえる存在だったのだ。既成文壇にスキャンダラスな罵言を浴びせた金文輯も、春園・李光洙の作品、人間についてだけは、これを認めざるをえなかったし、朝鮮近代文学の異才として知られる金東仁《キムトンイン》（註38）も『春園研究』を書いて、李光洙文学を置き去りにして朝鮮文学の新たな展開がありえないことを、それぞれ評論家、実作者の立場から示したのである。

こうした〟民族の象徴〟としての李光洙像が大きく崩れたのは、いうまでもなく創氏名・香山光郎として彼が〈親日文学〉を書き、〈内鮮一体〉に迎合する形の「民族改造論」を始めとする〟御用文学者〟としての文章を数多く書いたからにほかならない。〟民族の象徴〟から〟民族への裏切り者〟という、このドラスティックな評価の転換——しかし、これを単に李光洙というひとりの文学者の個人性に還元してしまうならば、それは政治的な〟戦犯〟弾劾のレベルとあまり変らず、文学史的な意味も、さらに「文学」的な意味も持たない非難、中傷というだけのことにしかならないだろう。

もちろん、私には李光洙の「親日活動」を弁護するつもりも、それを肯定しようという気持もない。(今でも〟李光洙アレルギー〟が韓国あるいは〈在日〉の一部の文学者の間には強い)。ただ、それを朝鮮近代文学の問題、あるいはもっと枠を広くとって、日本や中国なども含む極東アジア圏の「近代文学」の成立に関わる問題として、考えてみたいだけなのだ。

乞食にあるだけの金を恵みあたえる李光洙像が、朝鮮で伝統的に理想とされてきた儒者(仁者であり、優れた文人でもある)のイメージにぴったりとそぐうものであったことは明らかだろう。〈ソンビ〉(学者階級)の尊崇される朝鮮の伝統社会では、文人、知識人などの文筆を持つ者が、日本などと較べてはるかに社会的地位が高かった。近代文学者の嚆矢ともいえる李光洙も、こうした昔風の文人、ソンビとして遇されていたのであり、それだけ彼はさまざまな立場で、社会的な模範となり、ある種の「人間の鑑《かがみ》」として振る舞わざるをえなかったのである。

仁者であり、文人であり、知識人である李光洙が、また愛国者、民族主義者であることは近代朝鮮の社会においては、当然のことといえるかもしれない。封建的身分制の残存の中で呻吟する農民、下層民。武力によって専制支配する外敵としての日本、それに屈服、迎合する旧支配階級と新興買弁ブルジョアジーたち……。こうした環境の中で、いちはやく近代西欧的な合理思想と社会思想(それは支配者・日本を通じての間接輸入という場合がほとんどであったが)を身につけた〝新知識〟の世代が、民衆を啓蒙し、外勢を排した民族の独立を希求する方向へと進んでゆくことは、ほとんど汎アジア的な、世界史的な傾向といってもよいはずである。李光洙が東京留学時代に朝鮮青年独立団を組織して、独立宣言書を作り、さらに上海にあった大韓民国臨時政府に参加して、〝独立運動〟を行ったことはよく知られている。

また、彼はそれ以前に朝鮮最初の近代的長篇小説といわれる『無情』を書いており、朝鮮近代文学の礎を築いたことも、現在の韓国でも広く認められている事柄である。

文学者であり、啓蒙家であり、さらにまた政治的行動者でもあるという人物像は、近代開化の時期、およびプロレタリア運動の時期に出現してくる〝理想的人物〟のタイプといえるわけだが、そこに伝統的な士大夫の文学、近代以前の〝文人〟の理想像が二重映しになっていないとはいえないだろう。李光洙はまさにこうした士大夫のタイプの文学者だったのであり、それは結局彼を現実の民族、民衆からつねに一歩以上先を行く道を歩ませざるをえなかったのである。

彼の初期に書いた著名な論文に「子女中心論」というのがある。これは、それまでの朝鮮社会が「父祖中心」の世界であって、〝孝〟を最上の道徳とした社会のあらゆる階層、側面において「子女」が「父祖」のために束縛され、犠牲になっていると指摘し、こうした〝旧朝鮮〟からの脱却のためにはすべからく「子女」の「父祖」からの〝解放〟がはかられなければならないという主旨の論文であり、きわめて「啓蒙的」な文章なのである。

我われは我われの先祖が行ってきたすべてのことよりも、もっと大きく、価値あることをなさねばならぬ使命を持った人間たちである。だから、我われには我われが最善であると断定するところのものを実現するためには、忌憚すべきものは何もないのだ。我われは先祖もない、父母もない人間であって、ある意味では今日この時に天上から我が地に降臨した新種族として自処しなければならぬ。そうして、我われの一生で我われが最善を尽くして、我われの後代に来る健全な子女にそれをゆずってやらなければならないのである。

（原文朝鮮語）

これは日本の近代文学が、まず封建的な「家」（家父長制的な〝家〟の制度）から近代的自我を持った「個人」を独立させなければならないと主張したことと軌を一にするだろう。日本よりもさらに先祖崇拝の祭祀が複雑、繁雑で、男子の長子相続の厳格性が高い朝鮮社会では、日本ではちょっと想像のつかないぐらいに「子女」に対する「父祖」の圧迫は強固であり、その分だけ李光洙のこうした文章は〝過激〟なものを備えていたといえるわけである。

しかし、私がいいたいことはそうした事柄についてではない。旧社会の束縛からの解放を語る李光洙の言葉自体が、きわめて〝父性的〟な性格を帯びているということなのだ。封建的な旧套になずんでいる〝目覚めない者〟に対しての〝目覚めた者〟の啓蒙と領導の姿勢が、この「子女中心論」に限らず彼の論文の中には基本としてあって、それが李光洙の思考と行動とを根本的に枠づけているように思われるのである。だから、引用した文の言葉尻をとらえていえば、彼自身が新たに朝鮮の地に「降臨」した元祖たるべき「父祖」として、「子女」たる朝鮮民族を率いてゆくという使命を荷っていることを確認するのが、この文章のほんとうの意味ともいいうるのである。

こうした民衆を教化し、啓蒙し、「父祖」として民族の自覚を促すという役割りは、李光洙の場合、近代的知識人と伝統的ソンビ（文人、学者）としての二重の立場から強いられたものであることはすでに述べたとおりである。彼はその行往坐臥においても、自らの規範をそうしたソンビ的、士大夫的行動様式においていたように思える。先にあげた宮崎清太郎の回想も、現代のすれっからし的感覚の私の目から見れば、李光洙の行動はいかにも演技的なものと思われる。むろん、それをあえて意識的な演技として考える必要はないだろう。それは李光洙という、根の部分に伝統文化を持った近代的知識人の身にしみついた行動様式であったと考えるべきであり、いってしまえば、李朝時代の両班《ヤンバン》―常奴《サンノム》の構図をそのまま保存した知識人―民衆といった関係式からくる「知識人」の〝演技性〟ということになるのだ。たとえば、それは状況は違っていてもこんな場面においても見られるのである。

やがて、香山さん（香山光郎＝李光洙）も兪鎮午さんも酔っ払ってきて、最近帰って来たばかりであった大東亜文学大会の印象を話し出したが、二人とも内地の自然や古蹟や人心の美しさを本気で感動してきたらしかった。……やがて香山さんが、もう二、三年つけていられる日記を見せて下さった。……もう全部、歌日記であると言っていい位、短歌ばかりに満ちていた。少し観念的過ぎて、いい歌ばかりとは思えなかったが、驚いたことにはその辺の大半が、大君の、と言う枕言葉で始っていた。

しかも驚いたことには、と言って、驚くぼくのほうがいけないのであるが、香山さんはそうした歌が出て来る頃になると、端座されていままでの酔態をピタリと改められたことだった。勿論、兪鎮午さんもぼくも膝を正しくして、香山さんの読む愛国歌を拝聴した。昔の志士は酔って尊皇愛国につき悲憤慷慨したと言う。そんなことをぼくは想い出し、ぼくは香山さんの姿勢を正しくした酔態を美しいと思った。（田中英光「朝鮮の作家」前出）

もちろん、私は田中英光に同調して香山光郎のそんな姿を「美しい」と思う気持にはなれない。ただ、わざとらしい演技過剰のその姿に〝いたましさ〟を見るだけだ。そしてもうひとつ、それがあくまでも強圧的な力によって強いられたものであるのを知っていても、そうした演技そのものに、李光洙＝香山光郎の、つねに民衆、民族の動きから一歩先を歩まざるをえないという開化知識人の〝不幸〟を感じないわけにはゆかないのである。

つまり、李光洙は近代的な開明な知識人としても、トルストイ流の西欧ヒューマニズムの体現者としても、さらに日帝の協力者、売国奴的な親日文学者としても、いつも〝世の大勢《たいせい》〟の動きから一歩踏み出したところに位置していなければならなかったのであり、それは彼にとってその思想の如何にかかわらず、至上命令のような形であったのだ。

朝鮮人読者の憤激を呼びおこし、筆禍事件までをも引きおこした彼の『民族改造論』が、一九二二年（大正十一年）に書かれ、発表されていることをみてもそのことは明らかだろう。支配民族である日本人から劣等視されていた朝鮮民族を「文明的な民族」として、いかに〝民族改造〟するかというテーマで書かれたこの論文は、社会改良主義的な提言を基調としているのだが、そうした細かな内容よりも、三〇年代、四〇年代に強化される〈内鮮一体〉、朝鮮人の〈皇国民化〉の締めつけをあらかじめ先取りし、なだれを打って親日協力へと向う社会の動きを読みとり、その方向へと水を引いてゆこうとしている点に、その特徴を見ることができるのだ。いわゆる日帝末期の〝暗黒期〟を待たずに、こうした『民族改造論』「民族的経綸」といった文章を書いた李光洙は、まさしく人びとの大多数の動きを素早く察知し、その一歩も二歩も先を歩いてゆくという意味において、進歩的知識人、文人の典型といえるのである。

しかし、掌を返すようないい方になってしまうが、主観的な意味では、彼の愛国主義、民族主義的思想は、やや「観念的過ぎ」るかもしれないが、その筋道は〝正しい〟のである。彼は〝民族の裏切り者〟ではなくて、つねに〝民族〟とともに歩んだのであり、それは原則的には〝正しい道〟を選んだということにほかならないのである。彼はただ人びとの目の前を、数歩先んじた姿を見せただけであり、それがある場合には彼を〝民族の象徴〟ともし、またある場合は〝民族の裏切り者〟という烙印を押すこととなってしまったのである。

李光洙は日本帝国主義の敗北の後、すなわち朝鮮の解放後、自らの〝親日活動〟を総括する意味で『わが告白』という本を出している。その中の「親日派の弁」という章にこんな文章がある。

今日の親日派問題もこれと同様である。四十年間の日政（日本の政治支配――引用者註）下で日本に協力した者、しなかった者をより分け、協力した者の中でも本当に協力した者、しかたなくした者を分けるとしたら、その結果はどんなことになるだろうか。日政に税金を納め、戸籍を持ち、法律に服従して、日章旗をかかげ、皇国臣民の詞を暗唱し、神社に参拝し、国防献金をし、官公立学校に子弟を送るといったことがすべて日本への協力である。なお厳密にいえば、死なずに生きていることも協力である。なぜというならば、彼が協力をしなかったとすれば、死ぬか、牢獄に行ったはずだからである。もし日政四十年間に全く日本に協力せずに生き残った人間がいるとすれば、彼は海外で生長した者たちであり、彼らだけで一国をなしていけるだろうか。（「弘済院沐浴」――原文朝鮮語）

この言葉は原則としては正しいということができるだろう。日帝植民地下にあって、いわゆる親日協力をせずに生き延びることができた者がいるだろうか。文学者であれば、抵抗文学を書き続けて獄死、刑死をするか、かろうじて海外へ亡命、脱出するか、国内で筆を折って沈黙するか、あるいは与えられた制約の中で、なおかつ〝文学〟を続けるかの選択肢しかありえないだろう。李光洙のようにすでに名声をかちえていた文学者にとって、〝沈黙〟を守るということ自体、日帝に対する不服従ととられてしかたのない状況であっただろう。つまり、彼は朝鮮民族の大多数の人びとと同じように、生き延びるためには創氏改名をし、神社の前では柏手をうち、必要な場合には天皇陛下万歳を叫び、子女たちに日本語を学ばせ、また自らも日本語を何とかあやつろうとしたのである。

だが、李光洙が解放後に書いたこうした文章が、私たちにとって不愉快で不潔な文章であると思えるのはなぜだろうか。そこに自分の〝親日活動〟を弁護し、ひたすら言い逃れようとする卑劣な心根が見えるからだろうか。いや、それはいくらか実感と違っている。私が感じるのは、こうした事態となってさえ、まだ李光洙が、民族、民衆の行き先をわずかに先走りして、自ら「知識人」「ソンビ」として、人びとの〝蒙〟を〝啓《ひら》〟こうとしているその態度にあると思う。『わが告白』の中には、新約聖書の中の「おまえたちの中で罪なき者が、まず石を投げよ」という文句が書かれているのだが、これを聖書においてイエスではなく、当の石を投げつけられようとしている女が言ったとしたらどうだろうか。女はより手ひどく石を投げつけられるだけだろう。李光洙の「親日派の弁」には、こうした当事者としての自己批判もないままに、〝親日派〟に石を投げようとしている者に、〝高見〟から見下したような内的倫理の言語を語り、ヒューマニズムを唱えるといった印象があるのだ。つまり、それは子どもの目の前で失敗した父親が、一般的な問題にその〝失敗〟をすりかえたり、あげくのはてには子どもをどなりつけたりするような「大人」の狡猾さ、身勝手さが〝子ども〟の立場としては目につくのである。

たしかに、たまたまうまく海外に逃れていたことによって、〝親日活動〟に手を染めずにすんだ者や、イデオロギーの強固な鎧をまとって、他民族、他国家からの支援を受けて日本帝国主義に対抗していた者たちが、塗炭の苦しみの末解放された祖国に帰って来て、〝親日派狩り〟を行うということは、決して倫理性の高いことでも、清廉なことでもないだろう。そこにあるのはむしろ怨恨と復讐心、そして李朝以来の伝統である党派抗争を引きついだ形の民族内の分裂、分派行動にほかならないのである。

だから、李光洙はまた次のようにも言って、そうした〝コップの中の嵐〟のような党派的抗争をやめ、「民族」「国家」のための大同団結を呼びかけることもできたのだ。

建設中にある大韓民国が、切実に要求するのは人の和だ。力は和からくるものであるからだ。天の時と地の理がすべて合宜しようとも、人の和がなければ勝利を得ることはできない。しかるに、米・ソの対立と三十八度線の国土と民族両断は天の時と地の理の不利を意味する。この難条件を克服するのは、ひとえに三十八度線以南住民二千万の人の和といわざるをえない。……

しかし、組閣人事問題によって第一次に政党側から反政府的分裂が生じ、反民法（反民族行為処罰法）によって民衆の骨髄に徹する第二次の分裂が生じた。……本法（＝反民法）の影響が及ぶ者が、数十万を下らないことから、これは数十万の南韓住民が建国大業に協力する資格を喪失して、反民族的罪人の烙印を押されることにより、新建国家の実力を減殺することは、あの一、二政党の不協力に較べることができないのである。まして、反民法の対象になる者は大体にして有識有産階級であり、多方面に技能と経験を持った者であることを考えると、彼らの協力を国家が拒否するために受ける国家の損失は実に莫大である。

（「大韓民国と『親日派』」原文朝鮮語）

李光洙の自己弁護的な臭味のあるこうした意見が正しかったかどうかは、ここでは問わないことにしよう。しかし、〝北〟に対決する形で成立した大韓民国において、まさに李光洙がここで述べた意見のとおりに、ほぼ事が運んだことをいっておく必要があるだろう。いわゆる親日派を弾劾し、社会的活動から締め出す「反民法」はやがて骨抜きにされ、何らの成果を見せることもなく消滅してしまう。政府中枢、各界の指導者層には日帝時代に日帝の支配下で行政、司法、軍事などを学んだ者たちが復活、進出し、いわゆる親日派人士はごく一部をのぞいて、むしろ解放以前よりも社会的影響力、発言力を強めたか、以前の水準にまで回復したかしたのである。

文学者の場合を例にとれば、林鍾国の『親日文学論』であげられている親日文学者のうち、たとえば金素雲《キムソウン》（註39）は韓国文壇の最長老として、一時は日本に移住したものの晩年には日韓の文化交流に大きな足跡を残した人物として日韓双方から尊敬を受けていたし（一九八一年死去）、白《ペク》鉄《チョル》はやはり文芸評論界の長老として芸術院院長、ペンクラブ会長を歴任している（一九八五年死去）。また詩人・徐廷柱《ソジョンジュ》は教科書に採録された「菊花のそばで」の詩で韓国国民で知らぬもののいない詩壇の長老として有名であり、「国民文学」に日本語の小説を書いていた鄭飛石《チョンビソク》（註40）は解放後『自由夫人』などのベストセラー小説を書き、現在も『小説・孫子兵法』『小説・水滸伝』などのベストセラーを書き続ける〝国民作家〟として知られている……。

つまり、ここでも李光洙の親日派擁護の弁は、それ以後の韓国の社会、民衆の動向をうまくリードし、先取りしていたわけであって、彼は民族、民衆の動きに一歩先んじる先覚者の「知識人」として終始一貫していたといえるのである。それが李光洙にとって朝鮮民衆の〝父〟たる役割りに己れをアイデンティファイする方法にほかならなかったのだ。

4

おそらく、いわゆる親日文学者の中でも、もっともギクシャクとした足どりを見せたのが、牧洋という創氏名を名乗った李《イ》石薫《ソクフン》ということになるだろう。いちはやく創氏名による〝国語〟（日本語）の創作を試み、そのことを植民地体制側の〝文壇〟（直接的には田中英光や辛島驍、津田剛などの〝緑旗〟一派）から高く評価された彼は、民族の側からいえば〝卑劣な裏切り者〟であって、権力に媚びる〝狗〟にほかならなかった。しかし、今の私には彼の名が時どき誤植されたような〈牧羊〉、すなわち一頭のさまよえる羊であり、また犠牲の小羊であったように思える。

先に述べたように、ほとんどの親日文学者が何らかの形で生き延び、復権するか、死に去ることによって〝暗黒期〟の過去を清算して、それなりに文学史の上に名をとどめているのに対し、李石薫のみが暗黒期、空白期の象徴のように忘れ去られているから、というだけではない。民族派の戯曲家、小説家として出発し、トルストイやビクトル・ユーゴーなどのヒューマニズムに心酔する立場から〈ファッシズム文学は反動文学であり、肯定することはできない〉と語っていた彼が、のちに「日本精神は即ち愛であると、私は思ふ。（中略）悠久の神代から、今日に及んで連綿と続いて来た国体と、大和民族のその家族的な国家生活と、忠君愛国とを見れば、それだけでも最も雄弁な説明になると思ふ」（「徴兵・国語・日本精神」朝光一九四二年七月号・原文日本語）といった文章を書くようになるまでの内面的な経緯が、この〈酔いどれ船〉の時代の朝鮮人文学者の内的ドラマを凝縮したものであり、その典型であると私には思えるからだ。

その極限の形にまで歩み進んでいかなければならなかった〈内鮮一体〉の論理と感性とが、彼を必然的に〝犠牲獣〟の立場へと追いたてていったのである。彼はうわべだけを取りつくろい、時代と状況が変れば、たやすく思想を皮膚ごとすぽっと脱皮してみせる爬虫類的な人種や、転向に転向を重ねて精神的な不感症、思想的に酷薄なニヒリストとなっていった人物たちとは、明らかにいささか違っていた。田中英光が彼を評していったように「小説の下手な、誠実」な作家であった彼は、その時代や状況に誠実であり、民族の運命に忠実であろうとして、逆に大きく躓ずいてしまうという失態を演じてしまったのだ。彼は李光洙のように民衆、民族の一歩手前を先んじて歩こうとしたのではなく、むしろその後方からその動きに追《つ》いてゆこうとしたのである。それがいったいどこでそんなにも喰い違ってしまったのか。

牧洋から李石薫という名に還ったとき、彼がそんな自分自身をどう見ていたか、という証言は残されていない。彼はたぶんそのことを羞恥し、慚愧していただろう。そして、そのことが彼を「親日文学者」という汚名のままに、文学史上から忘れさせてしまうという結果と結びついていったのである。

田中英光の朝鮮時代の、もっとも親しく、もっとも心の許しあえる友人として『酔いどれ船』をはじめ、「碧空見えぬ」「朝鮮の作家」などの小説、文章にあらわれてくる牧洋——しかし、田中英光の目によって見られた牧洋像を彼の本当の姿だと思ってしまうと、それは誤解になってしまうだろう。「碧空見えぬ」で描かれた〈森徹〉(=牧洋)は、〈私〉(=田中英光)に「だが、ぼくにはどうも作品に自信がなくってね」とつぶやくような、やや気弱な、周囲の思惑や風評に気を遣って悩んでいるタイプといった印象を与えるが、これは彼の〝国語〟による作品集『静かな嵐』などで彼自ら描き出した自画像に近く、日帝末期のある一時期の姿ではあっても、彼本来のものとはいえないだろう。それは、まさしく「だいたいがじっくりした性格のように思われる森さんが、この当座いちばん、そわそわしていた。右せんか左せんかの気持が、いちばん心の中で戦っていたときであろう」（「碧空見えぬ」）といわれているように、李石薫から牧洋へと〝生まれ変わる〟重大な決意の時期にあたっていたのであって、それは田中英光が外面的に見ていたのよりも、もっと激しい内面の〝嵐〟に見舞われていた時期の彼にほかならなかったのである。

だが、私たちはまず牧洋になる以前の李石薫の軌跡を概観しておこう。これにはちょうど彼自身が雑誌「三千里」（一九三七年一月号）のアンケートに答えて書いた新人作家としての略歴があるから、それを利用してみることにする。

李石薫、本名・李《イ》錫燻《ソクフン》の出身地は平安北道定州であり、現住所は平壌、職業はアナウンサー、年齢は一九〇七年生れで三十一歳（韓国では当時も現在も年齢は普通数え年を使う）。処女作は一九三〇年（昭和五年）一月に東亜日報新春文芸コンクール当選作として同紙上に発表した戯曲『厥女はなぜ自殺したのか？』であり、それ以後「東光」「第一線」「新東亜」といった雑誌に「放浪児」「移住民列車」「黄昏の歌」などを発表、一九三六年五月に漢城図書株式会社からこれら旧作を整理し、まとめた小説集『黄昏の家』初版を刊行した。

つまり、一九三七年当時三十一歳であった李石薫は、平壌放送局のアナウンサーをしながら、新進文学者として小説、戯曲、詩を各誌に寄稿し、創作集一冊を持つ前途有望な若手文学者として文壇から遇されていたといってよいだろう。こうした李石薫としての彼の小説の作風については、こんな解説風の評語がもっとも簡潔で、朝鮮文壇の内部から見た彼の文学の特徴をよく指摘していると思われるのである。

彼は好んで浮浪人や労働者の生活をえがき、野性味に溢れる情熱の作家として知られている。彼の作品には一貫してドラマティックな劇しさがある。……彼もまた都市の知識人を取り扱わなかったのではない。〈黄昏の家〉もそうだが、〈ライラックの季節〉や〈白薔薇夫人〉などでは知識人の社会的苦悶と新しい愛情の倫理を掘り下げてはいる。けれど彼の本領はあくまでも野性的な意欲に燃える強烈な個性的人間像を浮彫りにしてみせるのにあった。だから知識人といってもそれは浮浪性を帯びるようになり、また労働者はイデオロギーからは縁遠い野性の塊りとしてえがかれた。

（『韓国名作短篇集』日本語版・解説）

こんな李石薫の作品評によってうかがわれる作者像から、田中英光のいう「諺文《オンモン》で書くべきか、国語で書くべきかというような問題にさえ悩んでいた」（傍点引用者）〝森徹〟の姿、あるいは「時局便乗主義者とか、御用作家」という悪口に神経をとがらせている彼の表情を想像することは難しい。むろん、そのどちらかが真実ではないというのではなく、李石薫時代の作品を無視して牧洋を語ることも、牧洋時代を黙殺して李石薫について語ることも、いずれもが片手落ちを免れないということなのだ。

つまり、牧洋としてしか知らなかった田中英光、あるいは李石薫をのみ問題とする韓国の文学史家（もっとも、文学史において李石薫の記述はほとんどないが）の視点では、李石薫＝牧洋というひとりの朝鮮人文学者の内的な遍歴の過程をときあかすことはできないのである。私はここで李石薫の名で書かれた「嵐」という短篇小説と、牧洋の名で書かれた「静かな嵐」という作品を対象として、彼の文学的内面をさぐってみようと思う。

「嵐」（原題は「嫉妬」。「嵐」は著者自訳による日本語訳の題名である）のあらすじは次のようなものだ。

〈七星《チルソン》〉は荒くれた漁夫仲間でも、とりわけ気が荒く、乱暴者として知られた男だった。その七星が嫁を貰った。船乗り相手の酌婦だった〈山月《サンウォル》〉である。素直で気だてのよい彼女は、何としてもその商売から足を洗いたかったので、あたりまえの娘が嫁に来そうもない七星のところに行ったのだ。

七星は山月を愛していたが、彼は人を愛するやり方を知らない男だった。彼は山月が他の男と立ち話をしていただけでも癇癪を起こし、彼女にも相手の男にも暴力を振るった。彼の後輩の一人が、そんな嫉妬ぶりを面白がって、冗談に山月と漁業組合の〈崔書記〉との仲をほのめかした。表向きにはその男を殴って黙らせたけれど、その言葉は七星の心に深い傷として残った。

秋になり、崔書記の妻が死んだ。七星は山月に崔書記の後妻に行くか、などと冗談にまぎらせて言いながら、いつしかそういう自分の言葉に追いつめられていった。そしてついにある日、彼は崔書記と道ばたで話をしている山月を見つけた。逆上した七星は、崔書記に殴りかかり、村人たちに引き分けられる。しかし、半狂乱となった彼は、庖丁を持ち出し、二人を刺し殺そうと道路へとび出す。折しも暴風雨の吹き荒れるなか、逃げ場を失なった山月を見つけた七星は彼女を刺し殺し、さらに崔書記の姿を求めて、闇の中へ消えてゆくのである。

「嵐はますます募るばかりだった。雨と風と波の音と雷鳴とが物凄くほえている中を、七星は気狂いのように声をはり上げながら崔をさがし廻るのだった」というのが、この小説のラスト・シーンである。

文学的系譜からいえば、金東仁《キムトンイン》の「甘藷《カムジヤ》」や羅《ナ》稲香《トヒヤン》（註41）の「桑の葉」（『朝鮮短篇小説選』岩波文庫所収）などの、いわゆる自然主義に繋がる底辺層の人びとの生の実態を、克明に描いたリアリスティックな作品ということになるだろう。こうした〝北海〟の漁師たちの世界は、李石薫がよく取りあげる作品世界であり、そうした彼の得意とする世界を渾身的に描き出したのがこの「嵐」という小説なのである。彼の私小説的作品である「静かな嵐」の中には、主人公の朴の父親が、故郷の平安道にある島で漁業（網元）を行っていたということが書かれているが、そうした北方の離島の漁夫たちの生活は、作者自身が幼少年時代から親しく見知っていたものと思われるのである。

そこで彼は、原型的な〝朝鮮人〟の野性味あふれた情熱的な姿を見出したのだ。それは無知、無教養ではありながらも、決して悲哀や忍従だけにとどまっている人びとではなかった。李石薫のいわゆる民族主義は、基本的にはこうした人びとの生活と感性の世界に、根を降ろそうとしていたといってよいだろう。

しかし、この「嵐」が単に現実の漁師たちの世界の現実暴露や社会告発的な意味での〝リアリズム小説〟とだけ受けとめられるならば、それは偏った見方ということになるだろう。たとえば、主人公の〈七星〉という名前は仏教や民間信仰の中に流れこんで来た道教の神（七元星君）のことを思い起こさせるし、部落の守護神を祀った〈七星堂《チルソンダン》〉ともイメージは連繫してゆくだろう。また〈山月〉は山の神である〈山神《サンシン》〉とそれに結びつく女性たちの神〈産神《サンシン》〉を連想させよう。つまり、〈七星〉の心の中の嵐と、現実の暴風雨とを重ねあわせるカタストロフィーの組み立て方、また粗暴な男と純朴な女との行き違う愛という、フェリーニの『道』のようなテーマの後ろ側には、作者・李石薫自身の何ものかへの愛とその蹉跌という逆説的な〝ロマンチシズム〟が息づいているのと同時に、それは「神話」的な象徴性をも孕みうるものとしてあるように思われるのである。

李石薫の心の中に渦巻いていた〝嵐〟とは、粗暴な漁師〈七星〉のように愛するすべを知らない愛の情動なのであり、それは終極的には相手をも、自分をも巻き込んで燃やし尽くしてしまう炎のように悲劇的、神話的なものだったのである。李石薫が朝鮮人という自民族の魂の中に見つけ出そうとしたものは、よく使われる言葉でいえば〈恨《ハン》〉、すなわち生活や歴史の底に沈澱し、堆積してゆくような人間的な愛憎や悲嘆や哀愁などのもろもろの感情がせきとめられ、内向してゆき、ついに世界—宇宙の中へ爆発的にときはなされるものとしてあったのだ。

ただ、李石薫がその小説の登場人物の内面として形象化しようとしたものと、彼自身の内部にあったものとは、微妙に喰い違っているように思われる。「嵐」の主人公〈七星〉には、暴力および自らの手による刺殺という方法しか〈山月〉へ対する愛を表現する手だてがなかったのだが、小説家がこれらの登場人物に対して注いでいる愛情は、その無知や貧困、粗野や野蛮をどこかで屈折させ、知的に処理することによって培養されたものであると感じられるのだ。

つまり、いってしまえば、それは李光洙などの場合と同じように、トルストイやユーゴーなどの〈西欧近代文学〉を通して学んだ〝民衆愛〟に近いものなのであり、作者自身を作品世界の中で重ねあわせるとしたら、〝荒らぶる神〟のような〈七星〉ではなく、網元の子として東京の学校へ留学し、最新の文学や思想を勉強して帰国した知識人としてはどうしても〈崔書記〉の側とならざるをえないのである。

おそらく、李石薫は自分が作品の中で描いたような〝民衆〟から距離を保つことによって、逆にその野性の情熱を文学化することができたのだろう。つまり、彼は〈文学〉としてそうした朝鮮人の野性としての魂を発見したのであり、それは朝鮮あるいは日本や中国に請来された〈近代文学〉以前には、（逆説的にいえば）見えても見えないものとしてあったのである。李光洙が涙を流しながら金を与えた乞食たちは、むろん李朝の遥か以前から朝鮮の都邑におびただしくいたわけだが、それまでは誰も彼らを見ようとも、涙を流してまで憐れもうともしなかったのだ。同じように、北海で命をかけて働く荒くれた漁師たちや、痩せ地にしがみついて獣じみた生活を送っている貧農たち、または火田民や都市の売春婦（カルボ）たちなどは、〝自然主義文学〟というフィルターを透してこそ、はじめて目に見えるようになってきたものにほかならないのである。そして、皮肉っぽくいえば、それらの下層の人びとを発見し、その生の姿を描こうとすること自体、その作者をこれらの下層の生活者たちの踏んでいる「土」から切り離し、〈宙に浮いている〉状態にさせてしまうのである。

〈近代文学〉という近代的知識がなければ、リアリズムという概念も、現実という概念さえもなかったのだ。そこにあったのは、ただ文字通りの在りのままの現実だったのだ。そうした「現実」をとらえるために、現実との乖離がむしろ要求されたのであり、そこでは朝鮮の「土」

と「根」は、若い〝日本帰り〟の知識人たちによって〝捏造〟（という言葉が悪ければ〝創造〟）され、それに身をすり寄せる形で、民衆、民族が知識人たちのキーワードとして語られていたのである。李光洙、李石薫も、むろんそれらの知識人の一人であったことはいうまでもない。そして、そうした民衆、民族を「神」とすることによって、彼らは新たな〝民間信仰〟のフォークロアを造り出していったのである。

5

牧洋は、一九四三年六月に毎日新報社から出した国語創作集『静かな嵐』のあとがきでこう書いている。

これは私にとつて二番目の創作集であるが、国語の作品集としては最初のものである。私の処女作品集は「黄昏の歌」（昭和十年版、朝鮮文）であつた。あれから七年、怠惰な筆ながら一冊分以上の短篇を書いてゐる。然しそれらの作品を、私は惜しげもなく永久に葬り去ることにした。いろいろ不満な点が多いからである。だから以上の七年間といふものは、私の文学史にとつて永久に空隙として残るであらう。已むを得ないことだ。

（原文日本語）

むろん、ここで書かれてあることが、今ではまったく逆の事態となっていることはいうまでもない。李石薫が牧洋名で作品を書いたおよそ四年間は、彼の「文学史にとつて永久に空隙として残」っているのであり、国語作品集『静かな嵐』とその後出された『蓬島物語』とは、李石薫の作品年譜から「永久に葬り去」られている。そして、彼は彼自身が〝葬り去〟ったはずの戦前（解放前）の朝鮮語作品によってわずかに文学史の一隅に名前を載せられ、記憶されているにすぎないのである……。

牧洋の事例は、〝親日文学者〟といってもたとえば先にあげた近代文学の大御所であった李光洙や、プロレタリア文学の旗手であった朴英熙《パクヨンヒ》、金龍済《キムヨンジェ》などの場合とは明らかに差異が見うけられる。朝鮮を代表する知識人であり文学者であった李光洙が、それだけ〈内鮮一体〉、朝鮮人の皇国民化を推進する朝鮮総督府と日本帝国主義軍隊の強圧的な弾圧、攻撃の矢面に立たされたことは、避けることのできない不運であったというしかない。著作の発表禁止、投獄（そしておそらく拷問も）など、李光洙から香山光郎への〝転身〟には、その背後に酸鼻で残酷な強制力があったはずである。プロレタリア文学者たちの転向については、なお一層のことだろう。『酔いどれ船』の中で、〝転向者〟朴寅植は、享吉を拷問するときに、「坂本、朝鮮人はみんな、こんな風に拷問を受けているのだ。同じアカでも、区別されるんだぞ。よく覚えておけ」（傍点引用者）と、〝泣き声〟のように叫ぶのである。

こうした陰惨な経緯によって〝転んだ〟人間を、簡単に支配権力、官憲の力に「屈服した者」として非難することは、よほど己れに恃《たの》むところの強い人間といわざるをえないだろう。

しかし、むろん李石薫＝牧洋の場合には、これほどまでの圧倒的な強制力が働いていたとは思えない。強権の張りめぐらすさまざまな圧制の輪が、朝鮮半島の各階層、各個の人間にじょじょに絞られていたとしても、李石薫の周囲においてそれが特に厳しかったという客観的な条件は存在しない。そういう意味では、彼は自ら進んで、人に先駆けて創氏改名を行い、率先して皇居、伊勢神宮、出雲大社などをめぐる〝聖地参拝〟に参加し、積極的に「国語」（日本語）による〝国民文学の創造〟に努めたのである。

つまり、彼はいかなる意味でも日帝協力者という指弾に対して、言い逃れる道も、口実さえをも設けることはできなかったのである。もちろん、どんなに困難であったにしろ、時の日本帝国主義に抵抗し、朝鮮民族の独立と解放を掲げて闘う道があったことは、李陸史《イユクサ》や金史良《キムサリヤン》などの存在そのものが雄弁に証明している。また、李泰俊《イテジユン》、李箕永《イキヨン》（註42）、韓雪野《ハンソルヤ》（註43）のように、〝消極的抵抗〟ともいうべき沈黙（および国語で書かないこと）を自らの筆に課した文学者たちもいたのである。

これらの愛国的で、英雄的な文学者と較べると、李石薫＝牧洋の〝暗黒期〟での行動は、時代状況への安易な便乗であり、文学者として、そして朝鮮人として許すことのできない〝犯罪〃であるといわれてしかたのないものと思う。しかし、私の目には、彼が自ら退路を断ち切ってそうした〈日帝協力〉〈国民文学の創造〉へと突き進んでいったように見えるのだ。つまり、彼は自らの内心の疑念や矛盾や葛藤に目をつぶって〃見る前に跳ぶ〃ことによって、内部の何ものかへの忠誠をはたそうとしたかのように思えるのである。それはなぜだろうか。

たとえば、田中英光はこうした時期（李石薫から牧洋への〃転身〃を図ろうとしていた時期）の牧洋について、彼を主人公とした「碧空見えぬ」という短篇作品を書いているのだが、その中でこんなエピソードが書かれている。

森さん（＝森徹――牧洋のこと）のお父さんが、日韓併合当時、有力な親日派として、平北定州の邑長（＝村長）として活躍された歴史を話しだされた。……まだ無理解な当時の邑人からは故ない侮辱を受け、ことにお父さんがある事業に手を出され、失敗してからは、その侮辱がだんだん迫害にかわり、ついに、××事件（いわゆる〃万歳事件〃、「三・一《サミル》独立運動」のことと思われる――引用者註）勃発の際には、森さんの家は暴徒に囲まれ、石を投ぜられ、危うく流血の惨を引き起すまでであったという。……親子二代、真に朝鮮を愛することは、日本を愛することにほかならぬと自覚し、侮蔑、迫害、栄達を度外視してきた、森家の歴史は、内地の勤皇家の系図に近いものがあるとさえ信ぜられた。

森徹＝牧洋の一家の「受難」の歴史は、そのまま朝鮮の「土」に根を降ろした〈七星〉や〈山月〉といった下層の民衆からの乖離を物語っていると思われる。「森さんのお父さんは、東京に最初の留学生として送られた一人」であり、牧洋がやはり早稲田高等学院文科に留学した経歴を持っていることを考えあわせれば、牧洋親子二代は、近代開化期における先端的知識人の悲劇を繰り返し、演じてしまったということもできるかもしれない。（なお、『酔いどれ船』の中の設定では、牧徹（＝牧洋）の父親は親日派として暴徒に焼殺されたことになっている）。田中英光が牧洋の〈親日〉の動機を、彼の家系的な迫害の歴史にもとめ、それを「勤皇家の系図」まで引きあいに出して語っていることは単なるこじつけであり、皮相な理解にしかすぎないだろうが、そうした家の歴史、父の経歴が牧洋の精神的屈折の過程に大きな影を落としているということは、あながち否定できないように思う。先端的な知識人としての父と子の物語――ロシア開化期の知識人ツルゲーネフを主題とし、アジアの後発開化国である日本においても重要な文学的テーマとなった、この〝古くて新しい〟主題が、牧洋＝李石薫の中に大きな問題としてあったのではないだろうか。

国語文芸連盟賞（主催・国民総力朝鮮連盟）を受賞した牧洋の小説「静かな嵐」は、「時局講演会」のために咸鏡道方面へと文学者仲間といっしょに巡回講演に行く小説家・朴泰民が主人公である作品だ。この〃北方への旅〃が、小説家にとってひとつの生れ変り（再生）のための旅であり、それを転機としてすべての迷いを振り切り、彼が〃皇国民〃として再生するという、文字通りの〈内鮮一体〉、国民文学のテーマを形象化することがこの小説の書かれた目的であるといえよう。

この作品の中に書かれた咸鏡道への巡回講演旅行は、一九四〇年十二月五日から十一日にかけて、元山《ウォンサン》、咸興《ハムフン》、城津《ソンジン》、清津《チョンジン》、羅南《ナナム》、春川《チュンチョン》を回った朝鮮文人協会主催の銃後思想運動のための〃全鮮巡回講演会〃第四班（咸鏡道方面）の行程と一致するものである。むろん、李石薫は李孝石《イヒョソク》、咸大勲《ハムデフン》（註44）などとともにこれに参加していることはいうまでもない。そうした点から見ても、この小説がほぼ牧洋＝李石薫にとっての〈私小説〉であることは間違いないといえるだろう。その旅程の途中、曾遊の地である元山の松濤園という海岸で、こんな回想にふける場面がある。

　その時からはや十年の昔のことである。朴の父は故郷の或る島で漁業に失敗し、家財を整理してこの元山港を再起の地として頼つて来たけれど、当時は財界も深刻な不況のドン底にあり、また運の下り坂では何事もうまく行かなかつた。……

「お父さん、背中の垢を落してあげませう。後向におなりなさい」

と言ひ、海の水を掬つて父の肩の上からぶつかけてはごりごりと背中を掌でこすつた。

もはや弾力ある肉はおち、皮膚はよれよれに捲かれ勝ちになり、それがぢかに骨格にぶつかつてこちこちな感覚を朴の指先に与へた。朴はとつさに何とも言ひやうのない哀しみに胸の疼く思ひがし、瞼がヂーンとうるんでしよう《ママ》がなかつた。人生五十といふがその半生をたゞかぢり通しの親のすね、今失意の親にこれつぽちの頼りにもなれぬ自分の無能力さ、腑甲斐なさを思ふ時、父の前にひれ伏して百万遍も詫びたい悔唔《ママ》の念が、抑へきれぬすゝり泣となつてしまつた。

狐疑逡巡から、「時局」とともに歩もうという決意へと至る旅の途中で、このようにさしはさまれる主人公の父についての回想は、どんな意味を持っているのだろうか。ここに私は、李石薫から牧洋へという、彼の親日活動への踏み切りに至る心的過程をうかがう手がかりが見つけられると思う。

すなわち、老いて痩せおとろえた〝父親〟、失意と困窮の中にある見すぼらしい〝老人〟の姿は、そのまま主人公にとっては「朝鮮」「朝鮮民族」に重ねあわせられるものなのであり（それは滅びつつある「朝鮮国家」でもある）、そうした〝父〟に対し、「何の頼り」にもなれない「無能力」で「腑甲斐ない」〝息子〟としての自分の立場が、ここで小説家によって確認されているのである。それはまた単に「悔悟」あるいは哀惜の念だけではなく、二重、三重に屈折した思いとしてあるだろう。つまり、悔悟はそのまま「国」を失ない、「家」を失なった父親の世代への、一種の行き場のない憤りであり、哀惜はそうした父の世代への〝詫び〟というよりも、無力で失意の亡国者たちへの自己憐憫へとたやすく転化しうるのである。日本へ留学し、故郷（故国）で新しい知識と技術とを導入して大きな事業を企て失敗した父。そんな失意の中から再び起きあがろうとしている父に対し、その息子は〝すね〟をかじるだけで何の手助けも、精神的な援助さえもできない……。しかし、子の心の奥にあるのは、そうした父の生き方に対しての批判的な眼ざしなのではないだろうか。それがストレートに「父と子」の葛藤、子の父への反抗という形で描かれることなく、老いた父親への憐憫、「ひれ伏して詫びたい」ような心の動きとして表現されるところに、「父祖中心」の儒教的な〝孝〟の倫理の生き残る朝鮮人的な精神傾向がうかがわれるわけだが、それが父の生き方、父の世代のやり方に対しての暗黙の批判であり、形を変えた反抗であるからこそ、彼は逆にそれほどまで自らを責める姿勢を示さずにはいられなかったのである。

牧洋＝李石薫は、父のような開化の時代の先覚者として、いわば「嵐」の〈漁業組合の崔書記〉に連なるような知識人の一人として生きること（しかも、それは「武士の商法」のように失敗してしまわざるをえないのだ）を拒否し、ただひとりの「生活者」として、時代の流れと、もっとも朝鮮的である大多数の人びとの動きとに棹さして、生きることを選ぼうとしたように思われるのである。朝鮮の開化（近代化）の第三世代である李石薫、金鍾漢、金文輯などは、彼らの父の世代が結果的には近代以前（李朝封建社会）から持ち越してきた知識人階級（文人階級）偏重の〝開化版（＝近代化版）〟にしかすぎない文学、思想の〝伝統〟を拒絶しようとしたのであり、それはまた、知識人批判（文人批判）ということであって、宗主国・日本に倣って、〝頭〟だけが尖鋭化するという闇雲な開化＝近代化へ対しての自省的な動きであったともいえるのである。

だが、そうした彼ら自身、近代化の重要な荷い手と見なされる留学帰りの新進の知識人であって、その生活形態においても都市の小市民層の一員であることはまぎれもなかった。つまり、彼らは古い大きな〝根〟に回帰することができず、また近代以降の開化的伝統（朝鮮服にパナマ帽、ツルマキに革靴といったいで立ちに象徴されるような）にも安住することができないという〝宙ぶらりん〟の立場にあったのだ。

彼らが日本帝国主義と真正面において出あわざるをえなかったのは、こうした局面においてであった。近代以前から連綿として続く重苦しい封建的な〝伝統〟、党派的抗争と空虚な思弁遊戯にあけ暮れする李朝以来の儒教（朱子学）的思想、文化の伝承——これらを一掃してしまうためには、日本帝国主義（軍国主義）による〝遅れた〟朝鮮文物の排除が、彼らにとってそれなりの意義を持っていると見えたとしても、それは無理のないことだったかもしれない。すなわち、開化の第一世代として、過去の因襲をそのまま保存し、表層だけを「中国」からヨーロッパ、あるいは「日本」へと事大主義的に〝塗りなおそう〟とした世代があり、次に「父」の世代は基本的には伝統主義でありながら「近代化」をその中心課題として〝身に合わない〟形で無理に着こなそうとしたのである。だから、まず彼らの前にあったのは、日本などの近代化を両班《ヤンバン》的、ソンビ的感覚で嫌悪し、侮蔑しながらその物真似によって人々を領導しようとして、結果的には日本に打ち負かされ、さらに〝無識〟な人々にも見棄てられてしまった父の世代の〝失意〟の姿であった。李石薫が牧洋へと転身したその〝踏み切り板〟としては、こうした父の失墜した姿があり、それは終極的には近代以前と開化時期を貫く「知識人」（文人）の伝統に収斂してゆくものであって、それらの〝文化〟の伝統を廃絶するために、日本帝国主義という危険な薬（毒にもなりうる）によって体質自体を変革しようという考え方が出てきたと思われるのだ。

すなわち、彼らは旧朝鮮という「父祖」を棄てて、「日本帝国主義」（＝天皇制）という新たな「父祖」をいただこうとしたといってもよいのである。

敗北と被支配の〝伝統〟を打ち破り、真に朝鮮的なもの、民衆的なものを打ちたてるためには、これまでの文化的な表層だけではなく、その中層から下層に至るまでの堆積をくつがえさなければならない。朝鮮人にある野性的情熱（それは悲劇的情熱でもあった）を掘りおこす作業から始めなければならない。それが時代状況と時代精神とが内部に孕む「嵐」であり、日本帝国主義、そして破滅的な戦争への狂奔は、むしろそれを推し進め、助長する役割をはたしているように、牧洋＝李石薫には見えたのかもしれないのだ。観念的、静観的な思索者が、おうおうにして肉体の讃美や行動への傾倒を語るように、内省的、思索的な知識人であると思われる牧洋＝李石薫が野性の情熱を語ることは、そういう意味ではそれほど奇異なことではないのかもしれないのだ。なぜなら、それはもともときわめて「観念的」な肉体観、行動論であって、感傷的な〝野性の情熱〟にほかならないのだから。

牧洋は「主観と客観——国民文学ノート」と題された文章（「朝光」一九四二年三月号）の中でこんなふうに書いている。

　時代を客観することは、時代の流れの中に自分を置かないと同時に、時代を批判する立場に立つことで、従来インテリは大体この《ママ》ような傾向が多かつたのである。（原文日本語）

しかし、むろんこのように語る牧洋の立場も、いわゆる〝インテリ〟の側に属していることは疑いようがない。そこで彼の言葉は知識人批判、自巳批判となって、〝主観〟的な行動へと自分を駆りたててゆく〈行動する知識人〉の提言とならざるをえないのだ。彼はこう言っている。

われわれが真に良心的な知識人であるならば、この厳たる現実から逃避するやうな、卑怯な真似は出来ない筈である。同時に、真剣に現実を乗越える知識人のみによつて、文化はおし進められるのであつて、逃避する者達によつては何物も生まれはしないのだ。

（「徴兵・国語・日本精神」前出）

すなわち、李石薫＝牧洋は内部の〝嵐〟と外部の現実に吹き荒れる〝嵐〟とを同調させ、「時代の流れ」、「現実の動き」から自分の身をそらさせないことで、傍観者的知識人の立場を超えようとしたのである。それは吹き募る風や雨に翻弄され、大波に没しようとしている〈酔いどれ船〉のマストに自分の体を縛りつけ、船の運命と自己とをともにしようとする船乗りの姿をさえ、ほうふつとさせるものだろう。彼の心の中に息づいているのは、貧しき人びと、虐げられた人びとに対してのヒューマニズム的な共感であり、それはそのまま被植民地下の同族の運命そのものに殉ずることであったのだ。

それはもう少し大きな枠からながめると、後進国の開化（近代化）知識人の、近代的知識体系そのものへの懐疑であるといえるかもしれない。つまり、「近代」を生み出した科学的、合理的思考は、歴史的な「不合理」を曳きずった社会の構造そのものに矛盾を見出し、その変革を企てるのだが、そうした「現実」にぶつかる度合いが強ければ強いほど、前近代的、非近代的なものとの葛藤を余儀なくされるのだ。このとき、「近代的自我」がその社会的意識との葛藤から受ける損傷は小さくなく、時には、「近代的思考」からの全面的な撤退をも目論むのである。そのひとつの思想的な救済策が、「歴史的発展」と「階級闘争」とを絶対化するマルクス主義（社会主義思想）への投企であり、それの反動としてのファッシズム、日本帝国主義（アジア解放理念を表層とした）だったのである。

だから、結局のところ、牧洋＝李石薫に残されたのは、現実の動きに追従し、そこで判断停止をすることによって、〝大きな動き〟〝自然〟に没入するといった〈アジア的停滞〉の精神文化版といっていい態度でしかなかったといえるのだ。そこで牧洋が見誤ったのは、それが時代的現実そのものであったのではなく、「時局的現実」にしかすぎなかったということであり、また、外部で荒れ狂う嵐と、彼の心の中の嵐とは、本来同調させることのできないものであるという単純な事実だった。（つまり、日本帝国主義のアジア侵略戦争と、朝鮮知識人の〝知識人批判〟とは、究極的には問題の系列を全く別にするというあたりまえの事実だ）。牧洋はそれらの問題を、一種〝時代的な情熱〟によっておおいつくそうとしたのである。だが、むろんのこと、「時局」の波は、そうした彼をたちまちのうちに飲みこみ、彼をまぎれもない〝民族の裏切り者〟〝親日文学者〟へとしたてあげていったのである。

「辻小説集」と題された「朝光」一九四三年九月号に掲載されたプロパガンダ掌篇作品集から、牧洋の「母の告白」という作品を引用しておこう。ここでは彼は、日本帝国主義、あるいは「時局」を「父祖」とした「子女」の感覚によって、無知で、すべてのものを受け入れ、飲みほすアジア的な〃母〃のイメージで描き出し、朝鮮人の徴兵を奨励し、〃聖戦〃を讃美している。それは「子女」としての彼のたどりついた立場を象徴しているといえるだろう。

　五十がらみの朝鮮の母が、徴兵制とか、日米戦争といつたやうなことをしやべつてゐる息子達の話を聞いてゐたがふと、針仕事の手をやすめて言つた。
「あたしはむづかしい理屈は知らねえたが《ママ》ね。とに角アメリカ人つてのは惨酷なむごい奴等だよ。私がこの目で見たんだがね。リンゴ一つむしり取つたちうので、小さな子供の顔に、ドロボウの字を焼きつけてリンゴの幹にしばりつけたゞ。しかもそれが神に祈る宣教師だ。普通の米人はおそらく獣同様に違ひねえだよ、あたし達もりつぱな日本国民だろ。あたしが若い男だつたら、もうとつくに戦争に出かけただ。徴兵制ちうのを何故もつと早くしなかつただろ。おめんたちぐず〴〵しねえでみんな戦争に行け、あとのことは母がひきうけただ。」

（原文日本語）

6

一九四五年八月、日本帝国主義は、連合国側の突きつけた〃無条件降伏〃を受けて崩壊した。同時に植民地朝鮮は〃解放〃され、積年の悲願であった〃光復《クアンボク》〃を実現した。牧洋は李石薫に、香山光郎は李光洙に、石田耕造は崔載瑞に、芳村香道は朴英熙に、白矢哲世は白鉄にと、それぞれ旧名を回復した。ただし、月田茂は自分が金鍾漢という旧名に復したことを知らなかった。彼は〃光復〃のほぼ一年前に病没してしまっていたのだから。また、野口稔（赫宙）も張赫宙という朝鮮名に戻らずに、後に日本へと帰化する道を歩んだのである。

八月十八日、解放のわずか三日後ソウルの韓青ビルには、はやくも〈文学建設総本部〉という看板が掲げられて、人の目を引いた。もとプロレタリア文学運動の理論的指導者で詩人・評論家でもあった林和《イムフア》（註45）を中心とする左翼系文学者の復活の第一声であり、また今日までも〃北〃と〃南〃、また南の中でも〃左〃と〃右〃とに分かれて、深刻な文学的、思想的な対立を繰りひろげる、その原点ともなった看板なのである。これ以後、朝鮮文壇は、日帝時代の〈親日派〉の糾弾をも含めたさまざまな問題で、ことごとく左右対決の場面を見せ、ついに一九五〇年六月二十五日、文学者同士までがペンを銃に持ちかえて、故国を戦場としてあい争う内戦が勃発するのである。

植民地支配者から一転して敗残国民となった日本人たちは、釜山港から陸続と日本内地へと引き揚げを開始していった。朝鮮の生活を愛し、この地にとどまりたいと願っていた中学教師・宮崎清太郎も、かつての教え子から「いつまでぐずぐずしとる。殺すぞ。早く帰れ」とどなられ、殴られる状況の中で一日延ばしに帰国を延ばしていたが、ついに内地引き揚げを決意する。その頃のことを彼はこんなふうに書いている。

こちらにおりたい。朝鮮へ渡って十五年になる。ここの土になるつもりで来た。帰りたくない。帰れ言うまでおろう。――と言うと、それがよいとうなずく。おるとすれば、どうして生活する。今までのように、中学の国語（日本語）教師は出来ん。「日語」で作品を書くことは、もう許されまい――と言うと、こちらで書いて日本で発表すればよいと言う。……

朝鮮の文壇も、作家の交代があるだろうと私は言う。日本語で、「内鮮一体」の小説を書いていた李××・趙××、「八紘一宇」・「滅私報国」・「聖戦完遂」などを歌った詩人金××、韓××、日語の文芸雑誌を編集していた評論の崔××――彼らはどうするだろうと聞くと、さあ、としばらく黙っていたが、崔さんもいろいろ煩悶していた、他の連中にはまだ遇わぬと言った。

（「御真影奉焼」『さらば朝鮮』所収）

民族の解放、独立を歓呼して迎えた朝鮮民族の白衣の中に、灰色にくすんだ衣、黒い汚点のついた朝鮮服がポツポツと混じっていたことを、人びとは見逃さなかった。たとえば、李光洙、もと〝香山光郎〟の年譜の一九四五年の項にはこう書かれてある。

三人の子女とともに思陵で解放の日を迎える。日本の敗亡による祖国の解放を見る。(十五日) 子女を集めて愛国歌を教える。親日派の指目を受け、社会の非難が集中する。夫人許英粛の避身慫慂を一蹴。(十八日) 無念無想の心境で民族の将来を観望する。思陵に継続蟄居し、読書と労農で消日する。

(盧《ノ》ヤンファン編「春園李光洙年譜」)

一九四八年八月に大統領に李承晩《イスンマン》を(註46)いただいて樹立された大韓民国は、その第一回国会において「反民族行為処罰法(反民法)」を通過させ、九月二十二日公布、続いて十二月七日に反民特別調査機関法を公布、これによって翌四九年一月から反民特委が活動を開始し、李光洙は崔南善《チェナムソン》などとともに西大門刑務所に収監される。これは李光洙にとって日帝時代に同友会事件に連座して収監されて以来、二度目の〝西大門入り〟であった。

しかし、この日本の戦犯追及に比定される韓国の「反民法」は、李光洙が彼の居住していた思陵の地元民の釈放陳情が受け入れられ、病気保釈として一ヵ月足らずで出監できたことからもわかるように、国内政治の左右対立の激化によって実質的な成果をあげえないまま、その年の六月には反民特委の委員が総辞職することによって有名無実となり、朝鮮戦争たけなわの五一年二月、反民法廃止案が国会を通過し、その短い〝生命〟を終える。こうして〈親日派〉は国家による法律的な処罰からは免罪され、この後〝民族叛逆者〟としての親日派についての論議は、むしろ韓国社会における一種のタブーとされ、〈親日文学〉は、文学史の暗黒期の〝悪夢〟として人びとの記憶から急速に忘れ去られてゆくのである。

牧洋からもとの朝鮮名へと再び転身した李石薫は、解放後もっとも早く出現した雑誌「白民」（一九四五年十二月創刊一号）の編集者として文学活動を再開する。はじめ総合雑誌として出発したこの雑誌は、のちに文芸誌の色あいを強め、金東仁《キムトンイン》、金東里《キムトンリ》（註47）、崔仁旭《チエインヒヨク》（註48）、蔡万植《チエマンシク》、鄭《チヨン》飛石《ビソク》などの既成作家、新人作家をとりまぜた文学者の主な活躍舞台となっていたが、一九五〇年五月、朝鮮戦争の勃発の混乱のさなか、二十二号をもって終刊する。編集は李石薫のほか、朴淵禧《パクヨンヒ》（註49）、柳周鉉《ユジユヒヨン》（註50）、田炳淳《チヨンビヨンスン》（註51）などが担当した。

李石薫自身は、この雑誌に随筆数篇と、小説「故郷をさがす人びと」（五〇年二月・二十号）一篇を書いているが私は未見である。（資料は韓国文人協会編『解放文学20年』による）。

このほか、彼の解放後の文学活動としては、小説集『黄昏の歌』の再刊（四七年）、『文学鑑賞読本』（五二年）、『殉国革命家列伝』（四九年）の編纂、およびトルストイの『復活』（四七年）、『深夜の陰謀』（推理小説・四八年）の翻訳などがあるが、いずれも文学者としての本格的な活動とはいいがたいものである。

これらの仕事の中から、解放後の彼の心境——牧洋から李石薫への再びの転身について——を、うかがい知ることはほとんどできないが、『文学鑑賞読本』（これは韓国の小説家、詩人、随筆家のそれぞれの代表的な詩文を集めたもの——のち一九五五年に『文学と鑑賞』という題で改訂版が出された）のまえがきの末尾に、「ただ、編者が遺憾に思うことは、いまだわが韓国には『国語としての大文章』を見出すことができないこと。そこまではわれわれの文学が成熟していないことである」と述べているのに目を引かれる。

李石薫は、ここで日本帝国主義の暴圧の下とはいえ、朝鮮文学がいともたやすく押し潰され、その本性を失なって〝親日〟化したことを、自巳批判をこめて語っているように思える。むろん、それは「朝鮮文学」に対して向けられるものではなく、個々の〝民族の裏切り者〟の文学者たちに対して向けられるべき指弾であると反論することは容易だ。特に、親日文学者の中でももっとも〝親日〟的であった李石薫が、朝鮮文学が成熟していないことを語ること自体がブラック・ユーモアであり、夜郎自大なことと皮肉ることも可能だろう。

だが、創氏改名、国語（日本語）常用の強圧的な嵐の吹き荒れる中で、時代とともに、大きな流れとともに歩もうとした李石薫の〝失敗〟は、その原因をただ彼の個人的な資質に帰するだけでなく、朝鮮の「近代文学」（あるいは日本の近代文学をも含めて）それ自体が孕んでいる問題として討究することがなければ、単なる個人的悲劇として、例外、特殊な事例として片付けられて終ってしまうだろう。

ここで私は、日本と朝鮮の二人の同時代の文学者（〝友人〟でもあった）――田中英光と李石薫との共通点と相違点とを語ってみたいと思う。二人はその母国に西欧的な「近代文学」が導入されて以後の、「子女」の世代に属し、それだけしたたかに〝近代文学〟という毒を吸いこんだ文学世代といえるだろう。（田中英光が〝文学〟を神とし、文字通りの〝文学者〟を模倣した生を送ったことはよく知られているだろう。また、李石薫はロシア語を学び、ロシア文学を研究したロシア文学者でもあった）。彼らは「共産主義」という神、「民族（民衆）」という神、そして「文学」という神をもとめての遍歴の末に、そうした個人幻想から共同幻想に至るまでのもろもろの観念に影響され、ひっかきまわされて、観念の犠牲となって、わずかに文学史にその名を痛々しい殉教者として残すことになったのである。

彼らの文学は、つねに絶えざる〝片恋〟の感情の表白にあったといえるだろう。それは主語としての〈私〉が、外側への対象に対して投げかける〝自我〟の影であり、彼らは本当は彼ら自身の半身を恋しがっているにしかすぎないのだ。李石薫の場合、それは失なわれた民族的自恃と自分の内部にある「近代的知性」のずれとの間にたちあらわれる理想的な〝父祖〟の像としてあるだろう。李光洙がつねに自らの近代的自我のレベルに民族の成員を引きあげ、そのことによって「民族改造」をはかって「父祖」の役割りをつとめようとしたのに対し、李石薫はつねに「子女」の立場から、ありうべき〝父〟の姿――それはいずれ自らが成熟して、たどりつくべき姿でもある――を、揺れ動く〝嵐〟の現実の中にさがしもとめようとしたのである。

田中英光にとっては、外側の現実とは彼自身を翻弄させ、改変させるものにほかならなかった。また、そういうものでなければ、それは彼の〈片想い〉の対象とはならなかったのだ。自分を滅茶苦茶にし、煉獄の炎のように自分をまっさらに鍛えなおしてくれるもの――田中英光が求めていたのは、そんな駄々っ子のような自壊衝動であり、彼自身を外側から解体しつくしてくれるような転機をこそ、彼は絶えず追い求めずにはいられなかったのである。とすると、それは李石薫のもとめた、強く、峻厳な〝父〟の姿とどこかで交錯しあってくるものなのではないだろうか。

実兄、共産主義、太宰治……こうした田中英光の〝神〟の背後にあるのは、もっと厳しく、強く自分を束縛し、拘束するような〝絶対的なもの〟であったように思われる。「皇国主義」「共産主義」の衣裳は、だから彼にとってわりあい着心地のいいものではなかったかと思えるほどだ。しかし、しばらくそうした〝制服〟を着ていると、彼は自分が小さな枠の中で甘やかされていることに気づく。(それは〝わがまま〟な末弟の不満でもあるのだが)。そうすると、彼は今度はもっと厳しく自分を律するような〝他者〟をもとめてさまよい始めるのである……。

こうした田中英光の軌跡は、決して彼個人の資質や性格に還元されるものでないことは、いまさらいうまでもないことだろう。それは私たちの「近代文学」が内在しているものであり、田中英光はそれをただ野放図に暴露してみせただけなのである。だから、ここでの「田中英光」という文学者名はその以前にも、以後にも繰りかえされる私たちの「近代」との関わりの〃歪み〃を象徴するものにほかならないのである。

李石薫と田中英光という二人の文学者に、私たちは近代の朝鮮文学史と日本文学史の交差、交錯する問題点をも見出すことができるだろう。それは単なる比較文学のレベルを超えた、「近代文学」(朝鮮、日本が受容した西欧出自の)の本質的な性格に関わる問題点であるだろう。すなわち、この隣りあい、歴史的にも遥かな悠久の昔から交渉を持ちつつあった隣国、隣民族は、近代において近似した精神の構造を持ち、その文学においても基幹的なところで似通った問題の設定、その展開、解決、といった道すじをたどったといえるのではないだろうか。(むろん、どちらがどちらに影響を及ぼしたかといった論議はこの際問題とならない)。

たとえば、プロレタリア文学の誕生、成立から、その全面的な〃転向〃、そして皇国主義の文学から、さらに戦後民主主義への再転向に至るまでの過程は、その傍らに〈親日〉にまで突き走っていった朝鮮人プロレタリア文学者たちの一群の姿を、並置し、それを鏡に映る反射像として射程距離に入れておいたほうが、そのプロセスの屈曲の在り方がよく理解できるのではないだろうか。

また、戦後文学による、文学、文学者の〃戦争犯罪〃の剔抉の不徹底は、ちょうど新生韓国で「反民法」が骨抜きにされてしまった経緯とパラレルなものであって、いわゆる戦後派はそうした隣国の状況を他山の石とするべきではなかったのか。

もちろん、単なる文学史的エピソードの突きあわせということだけを私は主張しているのではない。それは日本語というイデオロギーに閉ざされ、「天皇」という王権を頭上にいただいた日本人という部族社会的な民族性に閉鎖された「近代日本文学」というイデオロギーを解体させるためにも必要なことなのだ。日本文学が朝鮮（アジア）文学に関わろうとすることは、こうした日本文学の〝固有性〟、〝独自性〟といったドグマを相対化し、腐食させ、解消させる契機を孕んでいると思われるのだ。たとえば、〝自然主義〟文学、プロレタリア文学、戦後派文学、および高度成長下の文学などを、「アジア」の視点から眺めれば、それは日本内部でのローカルな問題の立て方とはまた別な観点からの問いが、浮かびあがってくるだろう。それは、開かれながら閉ざされ、閉ざしながら開いているという、この国の奇妙な文化受容のスタイルをも、くっきりと浮かびあがらせることになるはずだろう。

私はそのための手がかりとして、田中英光と李石薫という二人の文学者の作品について若干の考究を加えてみた。そこで私が着目せざるをえなかったのは、彼らにとって「文学」が彼らの現実の精神や生活を律する〝型〟あるいは〝枠〟としてあることであり、それはまた彼らにとって「父祖」としての価値観を代理するようなものであったということだ。近代文学の二世、あるいは三世たちは、自らを「子女」という立場に置くことによって、「文学」を「父祖」あるいは〝神〟の位置にまで押しあげ、その上方からの眼ざしによってその精神の空虚さ、内面の欠落を埋めようとしたのである。

＊　＊　＊

一九五〇年六月二十五日、朝鮮民主主義人民共和国人民軍は、三十八度線を越え、大韓民国側ソウルまで一気に雪崩れを打って進撃して来た。いわゆる朝鮮戦争（韓国動乱）の勃発である。緒戦は破竹のような北側・人民軍の圧倒的な優勢裡に進み、韓国政府は大田《テジョン》、大邱《テグ》、釜山《プサン》へと逃げまどった。もちろん、すべての南側の住民、ソウル市民たちが政府とともに南へ、あるいは東へと避難、移動したわけではない。さまざまな事情から動乱のソウルにとどまらざるをえなかった人びともあった。高血圧と肺炎によって病床にあった李光洙も、そうした一人だった。

七月十二日、北朝鮮人民軍は、李光洙を拉致、本拠地、平壌へと北送した。十六日、平壌の牢獄で李光洙と出会ったという証言が戦後にあったが、以後彼の消息は途絶え、〝居処不明、生死不明で今日に至る〟という一文で、「春園李光洙年譜」は締め括られている。（後、病気療養のため平壌から北京へ送られ、そこで病没したという説が有力視されている）。李光洙と同様、北に連れ去られ、行方不明となった文学者に、金東煥《キムトンファン》、金億《キムオク》（註52）金晋燮《キムチンソプ》（註53）などがいる。

一九五一年五月、大邱で「陸軍従軍作家団」が組織される。『親日文学論』に名前のあがっている文学者としては、金八峰《キムパルボン》(註54)、鄭飛石が名前を連ねている。同じく海軍従軍作家団、空軍従軍作家団もそれぞれ組織され、従軍報国講演、文学・音楽の夜、停戦反対の時局講演会、機関誌発行、部隊歌・軍歌の作詞作曲などの活動がなされた。これらの文学者たちの従軍活動については、日帝時代の「朝鮮文人報国会」や「皇軍慰問作家団」「朝鮮臨戦報国団」といった活動の経験が、大きく役立っただろうことは想像に難くない。なお、北側の従軍作家として軍隊とともに南下した金史良が、『海が見える』などの従軍ルポルタージュを書き、北方への撤退の際に行方不明となったのは、一九五〇年のことである。

ところで、李石薫こと李錫熿は、戦争の始まる四年前の一九四六年に韓国海軍に入隊し、六《ユ》・二五《ギオ》(朝鮮戦争勃発の日)には中領(中尉)であった。だから、彼は従軍作家としてではなく、れっきとした大韓民国国軍の一員として戦闘に加わったのである。

李錫熿が、いつ、どこで、どのように戦死したかは不明である。一九五〇年六月二十五日以降、彼は半島のいずれかの場所で行方不明となり、以後、この小説家あがりの海軍中領の消息は、その他多くの人びとと同様に、杳として知れないのだ。

朝鮮在住時に彼ともっとも親しく、心を許しあえる友人としてつきあっていた日本人作家・田中英光が、彼が行方不明となる半年ほど前に、文学上の師である太宰治の墓前で自殺したという消息は、たぶん彼の耳には届いていなかっただろう。

東京で死んだ男——モダニスト李《イ》箱《サン》の詩

1

――てふてふが一匹韃靼海峡を渡つて行つた。

日本のモダニズム詩の出発を告げる一行の詩。安西冬衛の詩集『軍艦茉莉』に挟みこまれた一匹の蝶は、日本と大陸との間の海峡を渡って飛んでゆくことによって、日本の現代詩への水路を開いた。しかし、この蝶は日本から大陸へ向かって行ったのだろうか？　それとも大陸から弓なりの列島へ向かって行ったのだろうか？

瑣末で、詩の何であるのかを解しない愚問と受けとられるかもしれない。だが、私の問題意識の中では、これはわりあい重要な問いであると思われるのだ。日本のモダニズム詩の大きな潮流を作りあげた「詩と詩論」グループが実はその前段階として北川冬彦、安西冬衛、滝口武士らが結集した同人詩誌「亜」によって形成されたこと、そしてその「亜」が当時彼らが居住していた植民地下の満州、大連の地で発刊されたという詩史的な事実は、私にとって日本のモダニズム詩を考えるときに見逃すことのできないエピソードであると思える。「詩と詩論」での彼らの僚友・北園克衛の処女詩集の題名『若いコロニイ』にひっかけていってみれば、彼らは事実として〝コロニイ（植民地）〟の息子たちだったのであり、そのことが彼らの詩精神に及ぼした影響をあまり軽く見過ぎることは、日本のモダニズム詩の受容に微妙な偏倚をもたらすことになると思われるのである。

「詩と詩論」を代表とする日本のモダニズム詩の運動は、ダダイズム、未来派、シュールレアリズムなどの欧米のモダニズム文学の圧倒的影響下で成立し、展開していった。これはことさらに言うまでもない常識以前のことだろう。だが、詩としての意匠を新しくしつらえることは簡単にできても、その底にある詩精神（感受性）を大幅に変革することは困難なのだ。たとえば、私たちは短歌的抒情が日本の近代詩の懐深くに蔵いこまれていて、新しい詩の運動がつねにこうした湿潤な伝統的抒情と角逐しあわなければならなかったことを知っている。モダニズム詩人たちは、詩語、詩型とともに詩精神そのものの変革を目指していたのであり、それは自分たちの半身を涵している〝日本的〟な詩精神の伝統との葛藤を避けることのできないものだったのである。

たとえば、「てふてふ」の一行詩をこんなふうに〝俳句化〟してみよう。

――蝶一羽韃靼海峡越え行けり

出来栄えはともかくとして、このモダニズム詩の黎明を告げる詩が、俳句という伝統詩型ときわめてよく馴染みあうものであることは明らかだろう。逆にいえば、「てふてふが一匹韃靼海峡を渡つて行つた。」という詩は、五・七・五という俳句のスタイルに翻訳可能な〝多胎性〟を持っていたのであり、そうした俳句的分身との緊張関係がこの詩を口語散文詩として成り立たせているとと思われるのである。事実、安西冬衛は「てふてふ」の詩とともに「韃靼のわだつみ渡る蝶々かな」という「春」のヴァリアント（異文）とも考えられる俳句を当時作っていたのである。つまり、一行の口語散文詩は、俳句となることの可能性を排除し、忌避することによって日本の「モダニズム詩」の最初の翔きになったというわけだ。

俳句のフォルムをとった「韃靼のわだつみ」を渡る蝶は、日本列島から大陸へと向かって行ったのかもしれない。しかし、「春」と題された一行詩の「てふてふが一匹」は、ユーラシア大陸の東端の寒さの残る海岸から「韃靼海峡」を越えて菜の花の咲き乱れる列島の日本へと向かったはずなのである。それは単に作者である安西冬衛が当時大連に居住し、そこでこの詩を作ったという〝事実〟のレベルだけの問題ではない。短い一行の散文の中に広大な自然をとりこめること、そしてその自然が湿潤で箱庭的な繊細さ、洗練を拒否したものであるということ。これらのことが温帯の列島という自然環境にとりかこまれた日本「内地」において不可能とまではいわないまでも、はなはだ困難なものであったということぐらいはいってもいいはずだ。つまり、日本語でとらえられたモダニズム詩の新たな「自然」「風土」は、また新たなる自然や風土が日本語に与えた反映の一つなのである。たとえば安西冬衛の「河口」という詩。

歪な太陽が屋根屋根の向ふへ又堕ちた。乾いた屋根裏の床の上に、マニラ・ロープに縛られて、少女が監禁されてゐた。夜毎に支那人が来て、土足乍らに少女を犯していつた。さういふ蹂躙の下で彼女は、汪洋とした河を屋根屋根の向ふに想像して、黒い慰の中に、纔《わづか》にかぼそい胸を堪へてゐた——

河は実際、さういふ屋根屋根の向ふを汪洋と流れてゐた。

「軍艦茉莉」で描かれた軍艦の碇泊、投錨する港町。あるいはこの河口風景が「日本語」にとってこれまでほとんど見出すことのなかった風土であったことは、これらの詩を見ることによって瞭然たるものだろう。むろん、これはいわゆる「外地」のエキゾチシズムだけを背景としたものではない(たとえば「汪洋と流れ」る大河のような)。犯罪、悪徳、頽廃への微妙な匂いについての嗅覚は、植民地下の欝屈した反抗心と不安感とをも嗅ぎつけるだろう。そういう意味では、植民地都市・大連は「外地」としての風景、植民地としての〝病んだ精神〟の危険な空気をその内側にかかえ持っていたのである。

安西冬衛たちの〝モダニズム詩〟がこうした環境の中で生み出されたものであることは、私にはもう少し深刻に考究されるべきことと思われる。次に引くのは安西冬衛の大連時代の日記の中の一節である。

十一月二十七日(水)晴

「天秤座」を作る。

午後、沢氏来ル。永話。菓子折ヲモラウ。天プラソバをとつて饗ス。「トロフキ」(仮題)を考案ス。坂本越郎君よりハガキ。

夕方ペーチカを焚く。父ト入替ニ夜外出。風なく煤ふること靄ノ如シ。西広場ヨリ伊勢町の灯火をのぞむに燻すんで色なし。

陶雅堂の前にキリンビールの広告灯アリ。

風雅掬スベシ。

ショーウインドの中の毛皮。水晶宮の中の……

大阪屋、金鳳堂へ立寄ツテ帰ル。春日町ニテ蜜柑を買ふ。

留守ニ青雲台土屋牧場ニ火事アリタル由。牛九頭焼死トイフ。


(『安西冬衛全集・第七巻』)

ペーチカを焚き、煤煙のふる街の燻んだ風景に心を魅かれること。だが、そこにあるのはそうしたエキゾチックな「外地」の町の風雅や抒情だけではない。伊勢町、春日町といった〝内地〟風に命名された町名。そしてそれらの通りの靄のかかった薄闇に浮かびあがってくる「キリンビール」という商標。これらのものがこの北方の狩猟民族や牧畜民族の風土と地続きの町に侵入して来た「内地」であり、植民された「日本語」であることは明らかだろう。

安西冬衛や北川冬彦や滝口武士、あるいは丸山薫や加藤郁乎や清岡卓行といったいわゆる「外地育ち」の詩人にとって、〝モダン〟なものとは、こうした「外地」の煤煙の靄の夜に浮かぶ「キリンビール」というカタカナの日本語や、日本の最新の小説や詩、文学論の書籍を並べた「大阪屋」「金鳳堂」といった本屋の書棚に象徴されるようなものではなかっただろうか。それは異質な風土、異邦の町の中で〝超現実的〟に出会う日本語なのだ。現実との対応を奪われ、ただ記号化された日本語――伊勢、春日、大阪といった地名はその風土から切り離され、単に符牒としての機能をしか持たない――そうした日本語を使いこなすことによって日本の〝モダニズム詩〟はそれまでの「日本的」な詩精神から脱皮することができたのである。それはいってみれば短歌的、あるいは俳句的な美意識、抒情、フォルム、技巧からの脱出なのであり、そしてまた植民地膨張、戦争拡大という現実的、政治的与件によって深く規定されたことがらだったのである。

2

十三人の子供が道路を疾走する。
（道は袋小路が適当だ。）

第一の子供が恐いという。
第二の子供も恐いという。
第三の子供も恐いという。
第四の子供も恐いという。
第五の子供も恐いという。
第六の子供も恐いという。
第七の子供も恐いという。
第八の子供も恐いという。
第九の子供も恐いという。
第十の子供も恐いという。
第十一の子供も恐いという。
第十二の子供も恐いという。
第十三の子供も恐いという。
十三人の子供は恐しい子供と恐がる子供とそれだけであった。
(ほかの事情はむしろないほうがいいだろう)

その中の一人の子供が恐しい子供でもいい。

その中の二人の子供が恐しい子供でもいい。
その中の二人の子供が恐しがる子供でもいい。
その中の一人の子供が恐しがる子供でもいい。

(道は通りぬけの小路でも適当である。)
十三人の子供が道路を疾走しなくてもよい。

これは一九一〇年に生まれ、三七年に二十七歳で死んだ朝鮮人詩人・李箱《イサン》(註1)(本名金海卿《キムヘギヨン》)の連作詩『鳥瞰図』の中の「詩第一号」と題された作品である(原文朝鮮語)。一九三四年に当時京城と呼ばれていた日本帝国主義支配下の朝鮮の首府で出されていた朝鮮中央日報に掲載され、その前衛的な作風のため一般読者から「この詩の作者の精神状態を疑う」「ふざけきっている」「わからない」「いったいどんな思惑があってこんなものを載せているのか」といった非難が殺到し、ついには「これ以上読者を愚弄することを止め、直ちに掲載を中断しろ」という〝圧力〟に編集部が屈服して、三十回連載の予定を十回で取り止めたという曰くつきの作品なのである。李箱は当時二十四歳、京城の街の中で喫茶店を開いていたモダン・ボーイであり、若い新進文学者たちのグループである九人会に入会した前衛的な詩人、画家、建築家として知られた存在であった。『鳥瞰図』は李箱の文学仲間の一人である尚虚《サンホ》・李泰俊《イテジュン》が当時朝鮮中央日報の文化部副部長であった縁から同紙に連載されたわけだが、「二千点から三十点をより抜くのに大汗を流した」にもかかわらず、聞こえてくるのは「気狂いのたわごと」とか「『烏瞰図』という誤字すらわかっていないでたらめぶり」（普通はむろん〝鳥瞰図〟である）といった悪罵の声ばかりで、朝鮮近代文学史においても未曾有といわれるスキャンダラスなセンセーションを巻き起こしたのである。もう一つ、たとえば「詩第四号」と題された作品は、こんな具合だ。

患者の容態に関する問題

1 2 3 4 5 6 7 8 9 0 ・
1 2 3 4 5 6 7 8 9 ・ 0
1 2 3 4 5 6 7 8 ・ 9 0
1 2 3 4 5 6 7 ・ 8 9 0
1 2 3 4 5 6 ・ 7 8 9 0
1 2 3 4 5 ・ 6 7 8 9 0
1 2 3 4 ・ 5 6 7 8 9 0
1 2 3 ・ 4 5 6 7 8 9 0
1 2 ・ 3 4 5 6 7 8 9 0
1 ・ 2 3 4 5 6 7 8 9 0
・ 1 2 3 4 5 6 7 8 9 0

診断0.1

26.10.1931

以上　責任医師李箱

もう一篇訳してみよう。「詩第八号　解剖」である。

第一部試験　手術台　　　　一
　　水銀塗沫平面鏡　一
　　気圧　　　　二倍の平均気圧
　　温度　　　　皆無

まず麻酔された正面から立体と立体をなす立体が具備された全部を平面鏡に映像させること。平面鏡に水銀を現在と反対の側面に塗沫移転すること。（光線侵入防止に注意せよ）徐々に麻酔を解毒すること。一軸の鉄筆と一枚の白紙を支給すること。（試験担当人を被試験人と抱擁することを絶対忌避すること）順次手術室から被試験人を解放すること。翌日。平面鏡の縦軸を通過して平面鏡を二片に切断すること。水銀塗沫二回。

ＥＴＣ　いまだその満足な結果を収得せざりしこと。

第二部試験　直立した平面鏡　一

助手　数名

野外の真空を選択すること。まず麻酔された上肢の尖端を鏡面に付着させること。平面鏡の水銀を剝落すること。平面鏡を後退させること。（この時映像された上肢は必ず硝子を無事通過するように仮設すること）上肢の終端まで。次に水銀塗沫。（在来面に）この瞬間公転と自転とからその真空を降束させること。完全に二個の上肢を接受するまで。翌日。硝子を前進させること。続いて水銀柱を在来面に塗沫すること。（上肢の処方）（或は滅形）其他。水銀塗沫面の変更と前進後退の重複等。ETC　以下不詳。

これらの詩がダダイズム、フォルマリズム、未来派、シュールレアリズムといった欧米のモダニズム詩の影響の下に作られていることは現在の私たちの目には明白なことだが、崔南善《チェナムソン》が「新体詩」としてこれまでの伝統的な漢詩文や時調《シジョ》、唱歌から離れて新しい文学意識で口語自由詩を作り始めたのが一九〇九年であることを考えれば、それから二十五年後に李箱の〝モダニズム詩〟が作られるようになったことは日本の詩史的な流れからいえばかなりのスピードだったといえよう。たとえば日本の場合、大正末、昭和初期に〝若い詩人〟として文学の世界へデビューした伊藤整は、その詩人時代を回顧した小説（『若い詩人の肖像』）でこんなことを書いている。

大正の末年のこの一二年、若い詩人たちの詩の書き方は、目立って変って来ていた。草野心平の「冬眠●」は例外だとしても、平戸廉吉は蛾の動く気配を全部ローマ字で表わしPassassssush というような行が二三十行も続く作品を書いて「未来派」と称していた。しかし平戸はその頃死んで、それが最後の作品なのだから、多分それが本気なので、ハッタリではあるまい。

これら草野心平、平戸廉吉、あるいは高橋新吉といった「歴程派」の詩人、さらに北川、安西、春山行夫、西脇順三郎などの〝目立って変って来〟た詩の書き方、いわば「鬼面人を驚かす」式の日本のモダニズム詩が、一八八二年の『新体詩抄』から数えれば半世紀ほどの時代的隔たりを持っていることを、私たちは崔南善の「新体詩」から李箱の「モダニズム詩」までの二十五年間に比定して考えてみるべきだろう。そこで当然のごとく推測されうることは、詩形、詩法の変化（あるいは〝進化〟という言葉を使ってもいいかもしれない）に読者の側の感性が追いついてゆかないという状況が生じることである。李箱とともに九人会のメンバーの一人で現在ではモダニズム詩の実作、理論家として知られている詩人、金起林《キムキリム》（註2）の詩はたとえばこんなようなものだ。

誰も水深を教へたものがないので
白い蝶は海の懼れをまだ知らない。

青い大根畠かと下りて行つては
いたいけな羽を波頭に浸し
王女のやうに打萎れてかへる。

三月の海原に花の匂はぬうらはかなさ、
蝶の背に蒼白い新月が沁みる。

（「蝶と海」金素雲訳）

蝶と海という、安西冬衛の「春」に相似したモチーフを持ちながらその比喩の用法、擬人法などの修辞法がいわゆる〃モダニズム〃の技巧をとり入れ、それを旧来の抒情詩の中に巧みに融合させたものといっても不当な貶辞とはならないだろう。もし、このような「近代詩」が朝鮮中央日報の紙上に載せられたとしたら、李箱の『鳥瞰図』の時のようなごうごうたる非難の渦は巻き起こらなかったはずだ。修辞法、抒情の質、詩精神のいずれをとってもそれは過度に新し過ぎるということもなければ古臭いということもない。少なくとも当時の詩の読者の感性に訴えかける遡及力は李箱の詩以上に持っていたといえるからである。

李箱の詩が当時の読者からほとんど全否定に近い応対を受けたこと。これは今日ではすでに李箱という文学的天才の〝英雄伝説〟のようなものになりかわっている。しかし、李箱の詩は単に新奇で、「鬼面人を驚かす」態の異様さにおいて読者側の反発を受けたのだろうか。そこには単に詩形の新しさ、物珍しさ、奇怪さ、面妖さといったことだけではなく、いわば一般読者の感性や感覚を逆撫でするような何ものかがあったのではないだろうか。そうでなければ難解であるということはともかくとして、むしろ読者の側から情緒的、感情的な形での指弾を浴びたということの意味がよくつかみ切れないのである。草野心平の「冬眠」の詩を伊藤整が「全然誤魔化しかでたらめで人を驚かすような詩」であると否定したのは、当時の伊藤整の書いていた詩が、そうした〝前衛詩〟とあいいれない古風な抒情詩系統のものであって、いわば伊藤整はこれまでの自分の詩の形か、草野心平のようなモダニスティックな詩の形をとるべきかの岐路に立たされていたからだ。李箱の『烏瞰図』連作への反発に、こうした守旧的な美意識（詩精神）からの攻撃が加わっていたことは間違いないだろうが、だがそうした「芸術」内部の問題であるより、もっと社会的な広がりを持った、いわば社会心理的なものの深層がそこでは問いつめられなければならないと思われるのである。

もう一度、『烏瞰図』の「詩第一号」を見てみよう。詩のスタイルとしては、『烏瞰図』発表の三年前に発刊された日本のモダニズム詩人・春山行夫の詩集『植物の断面』に収められた「白い少女」という活字を縦に六列、横十四列並べた構成的な視覚イメージの作品や、「一年」という標題で「一月僕等は生れる鋪石《しき》の雪である」「二月僕等は燃える煖炉の物語である」「三月僕等は……」と順番に繰り返す行を並べた作品と共通するものを持っていることを指摘できるだろう。李箱が当時日本のモダニズム詩運動に深い関心を寄せ、いわばその影響下にあったことは(後述するが)、彼がまず最初に日本語によってその〃モダニズム詩〃を書き始めた、という一事をもってしても明らかだろう。そういう意味では、一九二〇年代から三〇年代にかけては、満州、朝鮮、台湾などの日本帝国主義支配下の植民地地域は、文学的にはほぼ〃内地〃と同様の文学運動の進展を見せていたのである。

だが、春山行夫の「白い少女」「一年」と李箱の『烏瞰図』「詩第一号」を単純に見較べてみただけでも、これらの作品の内的な「差違」は明らかとなるはずだ。これは春山行夫でなくても、たとえば安西冬衛、北川冬彦の作品との比較でもよいわけだが、詩作品の喚起するイメージの質自体がかなりの程度異っているといわざるをえないのである。つまり、春山行夫の主知的で構成的な詩が、明快で伸びやかな高踏性を身にまといつけているとしたら、李箱の〃モダニズム詩〃は不透明な「不安感」、不穏な「恐怖感」によってその感受性を著しく特徴づけているといえるのである。

道路を疾走する十三人の子供。その子供たちが恐怖の対象となるべきなのか、あるいは子供たち自身が恐怖にかられて走っているのかは定かではない。いずれにしろ、この詩には幼児的な偏執としての繰り返しと、肯定文と否定文との形式的な対称性が詩作品としての価値を決定づけているわけだが、しかし、こうしたフォルマリズムの詩であるからといって、社会的、時代的な現実に還元させて詩語、そのイメージ、暗喩の内容を討究してはいけないということはないはずだ。この詩を読んで、たとえば私の脳裏に浮かんでくるのは、一九二九年十一月に光州で引き起こされたいわゆる「光州学生事件」という〃怖るべき子供たち〃が主体となった日本帝国主義への反抗、抵抗運動の原型的なイメージなのである。この「詩第一号」が不安、危険、不吉、恐怖の連想作用を孕むことはすでに多くの論者の指摘していることだが、私はそれを現実的な〃反抗運動〃にまつわる不安や危険や恐怖にむすびつけて考えてみたいのだ。

「光州学生事件」の概要は次のようなものだ。昭和四年すなわち一九二九年十月に全羅南道《チョルラナムド》羅《ナ》州《ジュ》駅で日本人中学生と朝鮮人高等普通学生とが些細なことから諍いを始め、十一月三日（明治節）を機に朝鮮人学生と日本人学生との対立として光州全域の学園に飛び火し、さらに全国的な朝鮮人学生の対日本帝国主義（対総督府）の抗争として拡大したのである。基本的には二九年十一月三日から三〇年三月一日までの約五ヵ月間にわたって同盟休校、デモ、官憲との衝突が繰り返された運動であり、参加学校数一九四校、参加学生数約六万名、退学処分者五八二名、無期停学者二三三〇名、被検挙者一六四二名という朝鮮人学生の〃被害者〃を出して終了したのである（『光州抗日学生事件資料』参照）。この事件がいわゆる万歳事件と日本側では呼ばれる「三・一《サミル》独立運動」(一九二〇年)以後の二度目の大きな「抗日運動」の盛り上がりであったことはすでに歴史的な通説となっている。

もちろん、この年の三月にすでに京城高等工業学校の建築科を出て、朝鮮総督府内務局建築課(のち官房会計課営繕係に転勤)に勤務し始めていた李海卿(李箱)が、この「抗日運動」に参加したとはほとんど考えることはできないだろう。私のいいたいのは「光州学生運動」が高校生、中学生(旧制)を中心とした〝子供たち〟の反乱であって、こうした学生たち(子供たち)のやみくもな〝反抗〟の純粋培養されたイメージこそが、李箱の「詩第一号」の十三人の子供たちの〝疾走〟として鮮かに定着されているのではないかということだ。

むろん、私は李箱を〝抗日運動〟の側へ引きつけようとする底意を持ってこのことをいっているわけではない。むしろ、彼の詩にあらわされている「恐怖」はそのままでいえば子供たちの疾走そのものについての「恐怖」なのでもあり、それは危険で、不吉な結末を予想させるものにほかならないのである。とすれば、彼のこの詩が私のいうように「光州事件」の影を帯びているとすれば、李箱の立場は運動に対してやや否定的、あるいは少なくとも積極的な参与を放棄したところの消極的な懸念の程度のものでしかなかったのだ。

仮定の論議をどれほど繰り返してみてもしかたがないが、作者の李箱のモチーフはひとまず置くとしても、「光州学生事件」から三、四年しか隔たっていない当時の読者たちにとっては〈十三人の子供たちの疾走〉は、無意識のうちに若い学生たちの植民地支配の軛の下でのやり場のない憤懣と〝疾走〟の結果としての流血、挫折の体験を反映したものとして受けとられたのではないだろうか。つまり、李箱の面妖な詩そのものが既成の詩精神、詩のスタイルへの挑戦、反抗であると同時に、その内部に抱えた感性も読者たちにとっては不穏で不吉な〈子供たちの反乱〉を敏感に〝映像〟化したものとして感じとられたのではないだろうか。

李箱がその詩の中に〈鏡〉のイメージを多用することは、前出の「詩第四号」「詩第八号」を見てもある程度了解することができるだろう。「詩第四号」の裏返された数字の羅列は、いわゆる鏡文字、すなわち鏡に映った文字にほかならないし、「詩第八号」では水銀を塗布した「平面鏡」がこの詩のモチーフを支える役割をはたしていることは明白だろう。李箱のこれらの詩にあらわれてくる〈鏡〉は、その無機質的、非人間的、人工的、機械的な詩語の雰囲気にきわめて合致していて、李箱詩の重要な要素となっているのだが、これを単なる詩人の愛用のイメージ、その偏執性を物語るものとしてだけ受けとめていては、その詩の意味に到り着くことはできない。李箱の詩の孕む〈鏡〉は、たとえば医者の使う内視鏡のように、内側に匿されたものを外部へとさらけ出す機能を持っていると感じられる。だが、それは李箱という詩人の個人的な欲望や秘められた渇望といったものを外在化させるということとは、いくらか違っていると思われる。それは李箱という詩人の身体（その身体を濾過した詩的言語）をひとつの〈鏡〉として、そこに映し出される社会的、時代的な〝感情〟の鏡像化なのである。

〈十三人の子供が疾走する〉という李箱の詩が、現実的な「光州学生事件」を反映しているというのは、そうした現実世界での出来ごとが、たとえば「恐怖」なら恐怖という感情に集光点を見出し、その〝恐い《ムソプタ》〟という一点において「詩第一号」という作品を生み出したのではないかということだ。そういう意味では、李箱の詩は言語という〈鏡〉として時代的、状況的な集合としての無意識を〝鏡像〟として映し出す役割を植民地下の朝鮮においてはたしていたといえるのではないか。そしてさらにいってみれば、日本帝国主義支配下の朝鮮に限らず、満州、台湾、あるいは「内地」においても、〝モダニズム〟は、そうした内面的に閉塞化されながら、地理的には版図を拡大しているという特殊な社会状況下、現実状況の下において胚胎してくるものであったのではなかっただろうか。

李箱の『烏瞰図』についての社会的な反発とは、実はこうした「朝鮮」の状況の忠実な反映であり、そして朝鮮人自身が苛立ち、憤ったという情念の無意識の〈鏡〉としてあったのである。

3

李箱の詩的出発は日本語によって始まっている。朝鮮建築会の機関誌「朝鮮と建築」（一九三一年七月）に発表された日本語詩「異常の可逆反応」が、モダニスト詩人・李箱の処女作なのである。それは次のような作品だ（原文ママ）。

任意ノ半径ノ円（過去分詞ノ相場）

円内ノ一点ト円外ノ一点トヲ結ビ付ケタ直線

二種類ノ存在ノ時間的影響
（ワレワレハコノコトニツイテムトンチヤクデアル）

直線ハ円ヲ殺害シタカ

顕微鏡
ソノ下ニ於テハ人工モ自然ト同ジク現象サレタ

×

同ジ日ノ午後

勿論太陽ガ在ツテイナケレバナラナイ場所ニ在ツテイタバカリデナクソウシナケレバナラナイ歩調ヲ美化スルコトモシテイナカツタ。

発達シナイシ発展シナイシ
コレハ憤怒デアル。

鉄柵ノ外ノ白大理石ノ建築物ガ雄壮ニ建ツテイタ
真々〃5ノ角ばあノ羅列カラ
肉体ニ対スル処分法ヲせんちめんたりずむシタ。

目的ノナカツタ丈　冷静デアツタ

太陽ガ汗ニ濡レタ背ナカヲ照ラシタ時
影ハ背ナカノ前方ニアツタ

人ハ云ツタ
「あの便秘症患者の人はあの金持の家に食塩を貰いに這入らうと希つてゐるのである」

ト……………………

漢字カタカナ混じりの文章、幾何学や代数学や化学の教科書にあらわれてきそうな科学用語を多用した無機的な文体、本来カタカナで表記されるべき外来語をひらがな表記することの効果、唐突な会話体など、これらのものは日本のモダニズム詩の〝書き方〟に強く影響されたものであることは明らかだろう。だが、私にはこの「日本語詩」が器用に日本のモダニズム詩の措辞、修辞を模倣して一篇の詩を作りあげたということ以上の意味を持っているように思われてならない。

それは、日本のモダニズム詩が藤村から朔太郎にいたるまでの近代詩によって培われた詩的抒情を圧し殺すために、ことさらに無機的、即物的な文体を採用したこと――すなわち短歌的（俳句的）抒情との葛藤の上に非人間的、人工的、反自然的と評される詩的表現を獲得したことと、ほとんど無縁なところで李箱の日本語詩（日文詩）が書かれたということの意味である。

つまり、当然のことながら李箱の日本語詩は、その内部に葛藤すべき湿潤な伝統的抒情を持たなかった。だから、彼の日本語による詩作品は、同時代の日本のモダニズム詩の横に並べてみても、際立って人工的で幾何学的な印象を与えるものと思われるのだ。そういう意味では、李箱の日本語詩は、日本のモダニズムが日本の植民地支配下の朝鮮に生み落とした一人の〝鬼子〟（異常《イサン》な！）だったのである。そして、この〝鬼子〟は日本と朝鮮との悪夢のような〝蜜月〟の落とし子として、日本と朝鮮のモダニズム文学の成り立ちをその背面において証明する存在にほかならないのである。

もう一つ、李箱の日本語詩を引用してみよう。「空腹」と題された、『異常な可逆反応』としてまとめられた詩群の中の一篇である。

右手ニ菓子袋ガナイ　ト云ッテ
左手ニ握ラレテアル菓子袋ヲ探シニ今来タ道ヲ五里モ逆戻リシタ

×

コノ手ハ化石シタ

コノ手ハ今ハモウ何物モ所有シタクモナイ所有セルモノノ所有セルコトヲ感ジルコトモシナイ

×

今落チツツアルモノガ雪ダトスレバ　今落チタ俺ノ涙ハ雪デアルベキダ

俺ノ内面ト外面ト
コノコトノ系統デアルアラユル中間ラハ恐ロシク寒イ

左　右

コノ両側ノ手ラガオ互ノ義理ヲ忘レテ再ビト握手スルコトハナク
困難ナ労働バカリガ横タワッテイルコノ片付ケテ行カネバナラナイ道ニ於テ
独立ヲ固執スルノデアルカ

寒クアラウ
寒クアラウ

×

誰ハ俺ヲ指シテ孤独デアルト云フカ
コノ群雄割拠ヲ見ヨ
コノ戦争ヲ見ヨ

×

俺ハ彼等ノ軋轢ノ発熱ノ真中デ昏睡スル
退屈ナ歳月ガ流レテ俺ハ目ヲ開イテ見レバ
屍体モ蒸発シタ後ノ静カナ月夜ヲ俺ハ想像スル

無邪気ナ村落ノ飼犬ラヨ　吠エルナヨ
俺ノ体温ハ適当デアルシ
俺ノ希望ハ甘美クアル

現在、韓国で刊行されている李箱の詩集には、これらの日本語詩は朝鮮語に翻訳された形で収められ、付録として「日文詩原文」が添えられるという編集スタイルをとっているものが多い。それは一つは、日本語のわからない読者のための当然の〝訳詩〟による収録ということであるが、もう一つには、日本語の原文と朝鮮語の訳文との間に、そのオリジナリティーを争うほどの差異がほとんどないということにもよっているだろう。

たとえば、「異常の可逆反応」「建築無限六面体」という題名で、「朝鮮と建築」誌に発表された日本語詩は、そのほとんどが作者自身によって朝鮮語訳され、『烏瞰図』などに収録されているのだが、それらは、漢字仮名混じりの日本語詩を、漢字をほぼそのままにして、カタカナの助詞、助動詞、動詞を対応する朝鮮語のハングル（朝鮮文字）に置き換えれば、翻訳作業としてはほとんど完了するのである。それほど近代語（文）としての日本語と朝鮮語とは、漢字語や文型（基本的な語順、文法などはもとより）を共有する度合いが高いのである。

もちろん、このことは別段驚くには当たらないことだ。日本が近代文学の観念、技法、その文学思想、主義のたぐいまでを西欧から輸入し、学びとったように、近代朝鮮はそれらのものを日本経由で自国に取り入れたのである。その時、西欧の近代文化の概念、現象、制度、物品、機械などは、日本において漢字熟語として〝翻訳〟されたものを、ほぼそのままの形で受け入れた。「可逆反応」「直線」「影響」「顕微鏡」「便秘症」「内面」「労働」「独立」「戦争」「想像」「希望」といった漢字語は、現在の韓国でもそれを朝鮮語読みにすれば、そのままで使用されるのである。

だから、李箱詩の日本語原文と朝鮮語訳文とを並べてみれば、それらはちょうど〈鏡〉に映った鏡像のように、左右対称性を持った双生児のように見えるのである。それは〈鏡文字〉のように、見る者に一瞬の眩暈を感じさせる。こうした日本語という鏡、朝鮮語という鏡に映った相手の鏡像――それに対する自己嫌悪のような嫌悪感、あるいは似通っているだけに、何ともいいようのない違和感こそが、日本と朝鮮とが向きあった時に感じる感情の原形であると思われるのだ。

李箱の日本語詩は、究極的にはこうした日本語（詩）と、朝鮮語（詩）との、互いに反射しあった歪んだ関わりを象徴するものだったといえるかもしれない。少なくとも、日本が朝鮮半島を植民地支配し、その〝半島人〟たちに日本語を強要しなかったならば、おそらく李箱のように日本語によってモダニズム詩を書くといったことは、ありえなかったはずだからだ。たとえ、モダニズムが日本経由で入って来たとしても、その時には『海潮音』や『月下の一群』のように、まず西欧詩、日本詩の翻訳詩集として現れ、そののちに朝鮮語によるオリジナルなモダニズム詩の創作が試みられたことだろう。李箱のように、朝鮮人でありながら日本語でオリジナルな詩を書くということは、いわゆる植民地的文化人として、指弾されるべきことであって、おそらく朝鮮人文学者たちの内部において否定、克服されるべき対象となったはずである。

だが、李箱の日本語詩を日本語で書かれているということだけで、否定しようとすれば、それは近代朝鮮文学の基底にあったものをも、タライの水といっしょに棄ててしまうことになるだろう。つまり、李箱は日本語によってモダニズム詩を書くことによって、従来の文学的風土から離れた別次元の文学的空間を切り開いたのであり、もう一つには、日本語で書いた詩を魔術のように朝鮮語に置き換えてみせることによって、朝鮮語自体がモダニズムの文学的表現を荷いうること、そして日本語には朝鮮語に対する文学的優越性などない（当然のことながら）ことを、実証してみせたのである。

それだけではない。李箱の日本語詩を丹念に読んでゆくと、日本語という〝敵〟の武器を使うことによって、彼自身の深層的な内部にある民族主義、ナショナリスティックな魂を暗喩しているといった感じを受けることが少くないのだ。たとえば、先にあげた二つの日本語詩の中からも、私たちは「発達シナイシ発展シナイシ／コレハ憤怒デアル」という一節や「困難ナ労働バカリガ横タワツテイルコノ片付ケテ行カネバナラナイ道ニ於テ／独立ヲ固執スルノデアルガ」という一連を取り出すことができる。これをモダニズムという言葉の魔術の、きらびやかな衣装の下から彼自身の民族主義が間歇的に噴出して来たものと読むことができないだろうか。

発達も発展もない停滞社会としての植民地朝鮮に対する〝憤怒〟、あるいは飽くなき〝独立〟への固執。もちろん、それらはストレートな表現としてなら、許されることのない言動にほかならない。〝十三人の子供の疾走〟が、社会的な不安、恐怖の政治をモダニズムという歪曲された〈鏡〉の像として映すことによって、表現として許容されたように、「憤怒」や「独立の固執」も、日本語という隠れ蓑をまとうことによってしたたかに書き付けられたのではないだろうか。

李箱の日本語詩は、モダニズムそのものを、まず日本語によって受けとめなければならなかった、当時の朝鮮語文学の水準をあらわしている。しかし、それはすぐに〈鏡〉のように日本語のモダニズム詩が、どういう借り着によって着飾られていたか、その限界はいったいどこにあるのかを、反射された鏡像として語っているように思われる。つまり、それは詩の言葉自体が、近代的な個人の内部を潜りぬけてきたものではなく、時代的な気分、社会的な感情をそのまま反映し、映し出しているものであることを証明しているのである。

李箱の日本語詩は、たとえば、たくみな日本語によって朝鮮の近・現代詩を数多く翻訳した金素雲《キムソウン》のように、日本語を〝駆使〟したのではなく、むしろ日本語を〝酷使〟したというべきなのである。李箱の日本語詩は、その日本語の中に覆いこむことのできない、黯々《くろぐろ》とした虚無や不安、恐怖や自棄によって、その輪郭を壊されている。李箱の日本語は、そういう意味では、きわめて人工的な、言語としての超越性（言霊）のようなものからは、遥かに遠いところにあるものだったのだ。それが、日本のモダニズム詩（詩人）が、果たそうとして果たしきれなかった、日本的抒情、日本語それ自体が持つ韻律や感情の束縛から解きはなされて日本語の詩を書くことの、むしろ実現（実験）であったといえば、彼の日本語詩が、ほかならぬ日本の近代詩史において持つ意味が明らかになると思う。

4

朝鮮での近代的散文の文体の成立についてはこんなエピソードがある。

福沢先生は予て支那に我が仮名交り文の如き普通の文体がないので、下層社会の教育が出来ず、これを文明に導くことが容易でないと云つて居られました。しかるに朝鮮には諺文（ハングルのこと——引用者註）がある。丁度日本の「いろは」の如くに用ゐられると知られて、先生はこれさへあれば朝鮮も開化の仲間に入れることが出来ると喜んで居られました。
そこで先生は碌々他人に相談もなく諺文活字を註文せられました。（中略）この諺文活字が私が後年買ひ受けたものであつて、私が朝鮮で最初に使用した諺文活字となつたのであります。

井上角五郎「福沢先生の朝鮮御経営と現代朝鮮の文化とに就いて」
（『旧韓末日帝侵略史料叢書・第七巻』所収）

筆者井上角五郎は朝鮮で最初の新聞「漢城旬報」（のちに「漢城週報」）の発刊に尽力した人物で、福沢門下生であったから福沢諭吉に関してやや身びいきの感は否めないが、これらの証言がまったく荒唐無稽であるということはありえないだろう。「諺文《オンムン》」と蔑称されて来たハングルを使って文章を綴るということは、中国崇拝の事大主義に染まった当時の朝鮮の知識階級（両班《ヤンバン》、ソンビ）にとってかなりの抵抗のあることであったのは確かなのだ。「漢城旬報」は漢文で書かれ、のち「漢城週報」になって初めて漢字ハングル混じり文という現行の新聞文体の基本となった文体が成立したのである。これは日本がいち早く漢字仮名混じり文を工夫して、一般国民に対する「国語教育」を推進していたことの反映、交流の結果であることは、井上角五郎の回想文によっても明らかなことなのである。

もちろん、このことを私は朝鮮の近代文化が日本近代文化の〝圧倒的な影響下〟にあった、いわば日本文化の傘の下にあったということを主張したいがために語っているのではない。ともに中国（漢字）文化圏にあって、近代において西欧文化に吸引された二つの国（民族）の文化が、その古代的な起源はどうであれ（同祖であるかないか、といった論議のように）、結果的に双生児的に似通ってしまうことはむしろ当然であると思えるのだ。

もちろん、似通っていることを語ることと、その間に微妙で、ある意味では重大な差違があることとを明確に述べることとは、同じメダルの表裏の関係にあることだ。ひらがな、あるいはカタカナとハングル——同じ漢字文化圏で発明された表音文字同士でありながら、仮名とハングルとはその基底をほとんど別の場所に持っていると思われる。つまり、ハングルは言葉の音《おん》を分析し、その音の要素を組み立てることによって文字を構成しているのに対し、仮名はむしろ統一された音の組織を前提として文字が作られているのだ。(ゆえに、仮名の発明はそれまでの日本語の音韻構造をむしろ隠蔽してしまったのである。日本語が「五十音」という枠の中に閉じ込められたのは、これ以後のことなのである)。

こうした仮名とハングルとの差違は、それらの文字を使った文体、文章の芸術としての「文学」の性格をその基底において拘束しているように思える。たとえば日本の詩歌が五・七・五、あるいは五・七・五・七・七といった音数による韻律に囚われているのに対し、朝鮮における伝統的な詩歌形式である時調《シジョ》は三・六の音数を基本としながらも、俳句や短歌の定型性に較べてかなりの程度自由律の度合いが高いのである(金思燁《キムサオプ》『朝鮮のこころ』参照)。もちろん、それは韻律の定型性だけではなく、短歌的抒情や詠嘆といった詩歌内部の「詩精神」そのものにも関わっていることはいうまでもないことだろう。金笠《キムサツカ》(註3)や金芝河《キムジハ》(註4)のような自由な〝詩精神〟が朝鮮文学に生まれてくることも故《ゆえ》なしとはしないのである。

朝鮮の近代詩が、近代的文体と同じように日本の新体詩運動の流れを一つのモデルとして展開していったことは崔南善《チエナムソン》(新体詩の創始者)や金億《キムオク》など、個々の詩人の個人的閲歴を見ても明らかなことだろう。彼らは進取の近代的な知識人として、〝先進国〟の日本へ留学し、早稲田や慶応義塾といった高等教育機関で先端的な文学思想、文化理念を学んで朝鮮半島へ帰ってきた当時の外国帰りの〝モダニスト〟だったのである。この金億に師事して朝鮮近代詩の一方の代表的存在となった金素月《キムソウオル》(註5)は、現在でも「国民的詩人」としてその抒情詩を愛唱されている詩人であるが、彼にも数篇の日本語による抒情詩が残されている。それはたとえば次のようなものだ。(金素月の日本語詩資料は、鴻農映二『素月・日本語作品の類型研究』「国際大学論文集・第十集」に拠った——誤植とも思われる部分で不明のものはママとした)。

やさしき悲しき美はしさ。
喘え行く心にふりかかる。
絶えも入りなむ、さ《ママ》のひびき
ふりて重める雪の音よ。

えしらぬ香の身にひびき、
こび《ママ》れし肉に鳴りそそぐ、
噫、この音も無き音のひびきの
げにさよ《ママ》無しも堪えがたし。

心の悩みもわれを去り、
肉のもか《ママ》きをあらざるを
更に痛める悲しみは
やるせなさにも止みがたし。

これを、たとえば同じ金素月の詩であっても、原文朝鮮語で、金素雲によって日本語に翻訳されたものを次に掲げて、較べてみよう。

よきひと　うたごゑは
こゝろにぞ濡れそぼる。

ひねもすは外にたゝずみ
きゝまもる　うたのしらべの
暮れなづむ夕の耳に
はた　よるのゆめに沁むなる。

あはれ　かのうたの細音に

睡《うまい》こそいよゝ深しや
ひとりねのわぶる臥床も
さながらに　ゆめのはなぞの。

しかすがに　醒めてののちの
うた一つあらぬ憂《う》たてさ、
うつゝこそ　いかにせつなき
かのうたの　きゝつわする

（「うたごゑ」『金素雲対訳詩集』所収）

日本語の詩として後者のほうが、その語彙措辞において洗練されていることは疑問のないところだろう。だが、当然のことながらこの二つの詩の抒情の質はほとんど異なるところがないのだ。（いや、それは本当に「当然」だろうか？）恋愛感情になぞらえながら「近代的自我」の孤立した悲哀をうたうといったモチーフは、素月など近代の抒情詩人のもっとも普遍的なものとしてあった。そして言ってみれば、金素月の場合、それは日本語で書こうと朝鮮語で書こうと、ほとんど差違のない抒情の〝芯〟としてあったのである。とすると、金素月が日本語によって抒情詩を試作したという意味は、いったいどこにあったのだろうか。

私の仮説はこうだ。すなわち、金素月にとって彼の「詩精神」＝「抒情」は日本語、朝鮮語といった言葉のその以前にあったのであり、それは穏やかな眠りの国（幼少年期）から突如、うつつの世界へと目覚め、もはや夢（眠り）の国へと戻れぬことを感傷的にうたいあげるといった、透谷や藤村などの「近代的自我」の痛みをうたう「新体詩」に多く書かれた詩のモチーフと共通しているのである。つまり、それらの日本語詩は、そうした〃近代的〃なモチーフを詩の形としてまとめあげるための〃練習曲〃だったのであり、その意味では金素月の日本語詩は朝鮮語詩と地続きであって、その抒情の位相を変えることなく、やすやすと日本語から朝鮮語へと転換することができたのである。

だから、金素月の抒情詩は日本の近代抒情詩とほぼ双生児的なものとしてありうるのである。もちろん、このことを私は何らかの非難的意味、皮肉のニュアンスを込めていっているのではない。ただ、金素月のいわゆる〃民謡調〃の抒情詩を朝鮮半島の根生いのものとすることにいささかの留保をつけたいだけなのである。もちろん、このことはたとえば日本の「四季派」の抒情を、韓国の「青鹿派《チョンノクパ》」の伝統回帰的な抒情と横並べにして、その特質を極東アジアのナショナリズムと抒情詩という共時的な問題としてとらえることなどと繋がってゆくはずなのである。日本の近代詩（近代文学）が、ひたすら海の向こうから渡ってくるものだけに目を奪われ、海の向こうへと渡って行ったもの、あるいは海の外へ置き忘れてきたものを問題にしなかったということ、このことを私たちはもう一度「近代」あるいは「文学」の問題としてとらえかえさなければならないのである。

銀座は一つのそのままの虚栄読本である。ここを歩かなければ投票権を失ったようなものだ。女性たちが新しい靴をはいて、自動車に乗る前に、まず銀座の舗道を踏みしめて来なければならない。

昼の銀座は夜の銀座のための骸骨であるために少なからず醜い。「サロン春」、曲がりくねった「ネオンサイン」を構成する火搔き棒のような鉄骨たちの入り乱れた様子は、夜を明かして出てくる女給の「パーマネントウェイヴ」のように襤褸のままである。しかし警視庁で「路上に痰を吐くべからず」の広告板を立て、並べてあるので、私は唾を吐くこともできない。

＊　＊　＊

これは一九三六年に渡日し、東京で暮らしを始めた李箱が「東京」という題で書いたエッセーの一部である。日本語による〝モダニズム詩〟を書くことによって、日本語を〝酷使〟した李箱は、宗主国の首都を「虚栄」「骸骨」「襤褸」というイメージで描き出している。「サロン」「ネオンサイン」「パーマネントウェイヴ」といった無国籍な、日本語とも英語ともいえないカタカナ言葉。それはまさに李箱がその日本語詩によって、根を絶たれ、奇型化した「日本語」

を作り出してみせたことをさらにグロテスクに拡大させた、その末期の状態のように彼には思えたことだろう。

翌三七年二月、思想犯の嫌疑を受け、李箱は西神田警察署に拘禁される。かねてから健康を害していた彼はこの拘束によって極度に健康を悪化させ、一ヵ月ほどして保釈されるが、病状悪化のまま翌四月に死んだ。二十七歳、〃虚栄〃の街での無残な夭折であった。

人物註（朝鮮・韓国人のみ）

〈酔いどれ船〉の青春

1 **金達寿**（キム・タルス）１９１９～１９９７
小説家。慶尚南道生れ。１９３０年、十歳で渡日し、苦学をしながら小・中学校、日大を出る。日帝末期には一時京城で新聞記者となるが、解放直前に再渡日し、編集者、作家生活に入る。代表作に長篇『玄海灘』『後裔の街』『太白山脈』などがあり、『金達寿小説全集』（筑摩書房）にまとめられた。日本、朝鮮の古代史に関する文章も多く、『日本の中の朝鮮文化』（講談社）がよく知られている。

2 **尹東柱**（ユン・トンジュ）１９１７～１９４５
詩人。北間島生れ。光明中学校在学時から詩作を始める。１９４１年渡日し、同志社大に入学、思想犯として逮捕され福岡刑務所に収容され、死亡した。詩集に『空と風と星と詩』（邦訳／伊吹郷訳『尹東柱全詩集』影書房）がある。日本帝国主義下の抵抗詩人として、若い世代を中心に圧倒的な人気がある。金賛汀著『抵抗詩人尹東柱の死』（朝日新聞社）が評伝として詳しい。

3 **李陸史**（イ・ユクサ）１９０４～１９４４
詩人。慶尚北道生れ。１９２５年、独立団体・義烈団に加入し、北京と朝鮮を行き来しながら独立運動を行う。１９３３年から詩作を始め、「黄昏」「青葡萄」「絶頂」などを発表する。１９４３年、逮捕され、北京刑務所に押送されて獄死した。安宇植訳『李陸史詩集』（講談社）がある。

4 **李光洙**（イ・クァンス）１８８２～１９５０
小説家。平安北道生れ。１９０５年、当時の民族団体・一進会派遣の留学生として渡日、明治学院などで学ぶ。帰国後、定州の五山学校で教師として勤務しながら著作活動を始める。再度、日本留学し早稲田大で哲学を学ぶかたわら、長篇小説『無情』を「毎日申報」に連載、朝鮮最初の近代小説との評価を受ける。以後、朝鮮を代表する文学者として数多くの小説、評論を発表する。しかし、「民族改造論」などで民族主義者から反発を受け、日帝末期には親日派の代表格として「最大の民族の裏切り者」の汚名をも浴びた。作品には『開拓者』『土』『有情』（邦訳／池明観・七人の会訳・高麗書林）『無明』『元暁大師』『李舜臣』などがある。朝鮮戦争時に拉北（北朝鮮に連行されること）され、行方不明となったが当地で病没したことが確認された。

5 **崔載瑞**（チェ・チェソ）１９０８〜１９６４
文芸評論家、英文学者。黄海道生れ。京城帝大英文科卒業後、ロンドン大学で修学、帰国後朝鮮人として初めて京城帝大講師となる。英文学の教養を基に文学理論、評論活動を開始し、主知主義理論などを展開した。日帝末期、主宰していた「人文評論」を「国民文学」として再出発させ、皇国主義文学を主張、「転換期の朝鮮文学」などを書いた。解放後は論壇を離れ、大学教授として英文学の学問的研究に専念した。

6 **李石薫**（イ・ソクフン）１９０７〜？
小説家。平安北道生れ。平壌高等普通学校を経て、早稲田高等学院を卒業。平壌放送局、朝鮮日報社などに勤務。詩、戯曲、小説などを発表した。代表作は『黄昏の歌』など。牧洋の創氏名で発表した日本語による作品集として『静かな嵐』『蓬島物語』がある。朝鮮戦争時に行方不明。

7 **金龍済**（キム・ヨンジェ）１９０９〜１９９４
詩人。忠清北道生れ。日本・中央大中退、日本でプロレタリア詩人として活躍後、１９３８年帰国。朝鮮文人協会幹部として「国民文学」運動を推進した。『亜細亜詩集』などの作品がある。解放後は伝記小説、歴史小説などを書いた。評伝・研究として大村益夫『愛する大陸よ――詩人金龍済研究』（大和書房）がある。

8 **白鉄**（ペク・チョル）１９０８〜１９８５
文芸評論家。平安北道生れ。新義州高等普通学校卒業後、渡日、東京高師で学ぶ。日本時代にはナップ同盟員。帰国後はカップ（朝鮮プロレタリア芸術家同盟）中央委員として活動する。日帝時代には親日活動も行ったが、解放後はペンクラブ会長など韓国文壇の長老格の評論家として活躍し、多数の著作を残した。

9　**林鍾国**（イム・ジョングク）1929～1989

詩人。慶尚南道生れ。高麗大で政治学を学んだ後、雑誌「思想界」で詩人としてデビューした。1966年に刊行した『親日文学論』は、日帝末期の文学者の行動、作品、発言を豊富な資料を駆使して再現したもので、親日文学を研究、論じるさいに欠かせない労作。しかし、資料による網羅主義的なところがあり、作品としての分析、文学者の内面把握に関して問題点が残る。邦訳は大村益夫訳『親日文学論』（高麗書林）、『親日派』（御茶の水書房）がある。

10　**朴英熙**（パク・ヨンヒ）1901～？

詩人、小説家、評論家。ソウル生れ。1922年同人誌「白潮」創刊号に詩を発表して、文壇に登場した。初期は耽美的なロマン主義であったが、社会的な傾向を強め、カップ同盟の指導者にもなる。日帝末期には転向し、親日派の代表的な存在とも目された。動乱時に拉北。

11　**兪鎮午**（ユ・チンオ）1906～1987

小説家、法学者。ソウル生れ。京城帝大時に経済研究会などのサークルを組織し、共産主義運動への関心を見せ、同伴作家として小説を書いた。卒業後、同大講師として勤務しながら「金講師とT教授」「滄浪亭の記」（邦訳／大村益夫・長璋吉・三枝壽勝編訳・岩波文庫『朝鮮短篇小説選』所収）など、親日文学と距離をとった作品を書いた。解放後は法学者として韓国の憲法を起草し、政治家としても活躍した。

12　**鄭人沢**（チョン・インテク）1909～？

小説家。ソウル生まれ。雑誌記者・毎日新報記者として勤めるかたわら小説を書く。日帝末期に日本語による国民文学を書き親日派と目された。小説集『清涼里界隈』（日文・朝鮮図書刊）がある。動乱時に拉致され、行方不明。

13　**盧天命**（ノ・チョンミョン）1912～1957

詩人。黄海道生れ。梨花女子大卒業後、中央日報学芸部の女性記者となる。処女詩集『珊瑚林』を1938年に刊行、女流詩人としての地位を確保。詩、エッセイなどを発表し、かたわら妻子ある男性との変愛関係などによっても話題となった。『窓辺』『鹿の歌』などの詩集は感性の豊かな主情的な作風で、現在まで若い世代に愛好されている。

14 **金史良**（キム・サリャン）1914〜1950
小説家。平壌生れ。平壌高等普通学校在学時に、学内騒動に関係し、日本に渡り、佐賀高校、東大に学ぶ。1936年同人誌「堤防」に日本語による小説「土城廊」を発表する。その後「文芸首都」に所属し、作品を発表、「光の中に」が芥川賞の有力候補となったことから、一躍日本文壇で注目される。日帝末期は「国民文学」に長篇『太白山脈』を連載。報道班員として中国に渡った時、延安の解放地区へ脱出、解放後は北朝鮮で文学者として活動した。朝鮮戦争時に人民軍の従軍作家として南下、撤退時に落伍し、死亡したとみられる。『金史良全集』が河出書房新社から刊行された。安宇植『評伝・金史良』（草風館）、『金史良』（岩波新書）などの評伝がある。

15 **金允植**（キム・ユンシク）1936〜
文芸評論家。慶尚南道生れ。ソウル大国文科、同大学院を卒業。日本文学と韓国文学の関連性について研究した『韓日文学の関連様相』（邦訳／大村益夫訳『傷痕と克服』朝日新聞社）などをはじめとして、韓国近・現代文学史、作家論、評論史などの分野で幅広く活動している。現ソウル大教授。

16 **金文輯**（キム・ムンチプ）1909〜？
文芸評論家。慶尚北道生れ。早稲田中学、松山高校を経て、東京帝大中退。朝鮮に帰国して評論活動を始める。小林秀雄、横光利一など、日本の新傾向の文学理論に影響された文学論をもとに、当時の朝鮮文学に対して毒舌的でスキャンダラスな話題を呼ぶ批評活動を行った。親日派として朝鮮文人協会の幹事となり、解放前に渡日、日本に帰化した。評論集『批評文学』、日本語による小説集『ありらん峠』の著書がある。

17 **蔡万植**（チエ・マンシク）1904〜1950
小説家。全羅北道生れ。早稲田大学を中退した後、東亜日報、朝鮮日報などの記者をつとめる。1925年「朝鮮文壇」に短篇「新しい道で」で作家として登場した。初期の同伴者的な作風から風刺性の強い社会小説へと転じた。作品には長篇『濁流』（三枝寿勝訳・講談社）、『女人戦記』などがある。

18 **金東煥**（キム・トンファン）1901〜?
詩人。咸鏡北道生れ。ソウルの中東中学を経て、日本の東洋大学に学ぶ。1924年に『国境の晩』を発刊、最初の叙事詩スタイルの詩集ということもあり、詩壇で話題を呼んだ。雑誌「三千里」の主宰者としても朝鮮近代文学に大きな功績を残したが、日帝末期には親日派としても活動した。朝鮮戦争時に拉北され、生死不明。

19 **張赫宙**（チャン・ヒョクチュ）1905〜
小説家。慶尚北道生れ。大邱高等普通学校卒業後、渡日し、教師をしながら小説を書く。「餓鬼道」が「改造」の懸賞に当選、日本文壇にデビューする。植民地朝鮮の悲惨な状態と朝鮮人の抵抗とを描き出した作品を書き、朝鮮人文学者の代表格として活躍したが、日帝時の「内鮮一体」のイデオローグ的な言動が批判されることもあった。戦後の作品に『嗚呼朝鮮』『無窮花』などがある。戦後日本に帰化し、野口赫宙（稔）を名乗る。

20 **崔南善**（チェ・ナムソン）1890〜1957
朝鮮学者、史学者。ソウル生れ。1904年韓国皇室留学生として東京府立一中、早稲田大学などで学ぶ。帰国後、出版、執筆を通して啓蒙的開化活動を行った。雑誌「少年」を創刊し、新体詩、言文一致の運動を行ったのもその一環である。民族主義者として生涯を貫き、いわゆる三・一運動の時には「独立宣言文」を起草した。だが、日帝末期の親日的言動には非難の声もある。朝鮮史、民族文化史に関する論文も多い。

21 **宋錫夏**（ソン・ソクハ）１９０４〜１９４８
民俗学者。慶尚南道生れ。東京商大を中退後帰国し、孫晋泰などとともに朝鮮民俗学会を創立した。朝鮮民俗学草創期の代表的研究者として民俗調査、資料収集、論考などに大きく貢献した。著書は没後に『韓国民俗考』（１９６０年）としてまとめられた。

22 **孫晋泰**（ソン・チンテ）１９００〜？
民俗学者、史学者。慶尚南道生れ。早稲田大学史学科卒業後、延禧専門、普成専門の講師、ソウル大教授などをつとめる。「朝鮮民族説話の研究」「朝鮮古歌謡集」「朝鮮民族文化の研究」「朝鮮民族史概論」などの著作がある。動乱時に拉北された。

23 **崔鉉培**（チェ・ヒョンベ）１８９４〜１９７０
朝鮮語学者。慶尚南道生れ。広島高師、京大で学び、１９２１年に朝鮮語研究会を組織する。１９４２年いわゆる朝鮮語学会事件で逮捕され、拘禁される。解放後は国語教育、国語改革に力を注いだ。朝鮮語の基本的な文法をまとめた功績も大きい。

24 **李煕昇**（イ・ヒスン）１８９６〜
朝鮮語学者、詩人。京畿道生れ。京城帝大、東大大学院に学び、国語学者として教鞭をとりながら詩、時調の分野でも活躍した。朝鮮語学会事件では三年間投獄された。

25 **金台俊**（キム・テジュン）１９０４(?)〜１９４９
朝鮮文学研究者。京城帝大朝鮮文学科を出て、同学科講師を勤める。二十六歳前後の頃、名著として知られる『朝鮮小説史』（邦訳／安宇植訳・東洋文庫）を書いた。朝鮮語文学会、震檀学会など朝鮮学研究の組織を作り、民族文化研究の基礎を築いた。日帝末期には中国共産党の根拠地である延安に脱出し、解放後帰国したが、１９４９年南朝鮮労働党幹部として時の李承晩政権によって死刑の判決を受け、処刑された。

26 **崔仁勲**（チェ・インフン）１９３６〜
小説家。咸鏡北道生れ。木浦高校を経てソウル大法科を中退、軍隊除隊後、小説執筆に専念する。「総督の声」「広場」「小説家丘甫氏の一日」などの代表作がある。60年代世代の代表的な作家として、状況の中の知識人というテーマを扱う。邦訳には田中明訳『広場』(泰流社)がある。

27 **李無影**(イ・ムヨン)1908～1960
小説家。忠清北道生れ。1925年に渡日し、成城中学で加藤武雄門下として学ぶ。帰国後作家生活に入ったが、はじめは無政府主義的な色彩の濃い作品を書き、後、農民生活に取材した農民文学を創作した。長篇の作品に『農民』『季節の風俗図』、日本語作品『青瓦の家』などがある。

28 **李泰俊**(イ・テジュン)1904～?
小説家。江原道生れ。日本の上智大学に学ぶ。開闢社に勤務し、雑誌「文章」を編集した。いわゆる九人会の一人として、時代に取り残された不遇な人物を主人公とする作品を書いた。解放後北朝鮮に渡り創作活動を続けたが、50年代始めから作品活動を中断し、その後の消息は不明。短篇「狩り」が『朝鮮短篇小説選』に収録されている。

29 **金玉均**(キム・オクギュン)1851～1894
李朝末期のいわゆる開化派＝独立党の代表的な人物。1884年に「甲申政変」(実権者である閔氏一族を倒そうとした武力クーデター)に失敗し、日本に亡命した。後、上海で暗殺された。

30 **金鍾漢**(キム・ジョンハン)1916～1944
詩人。咸鏡北道生れ。日本大学に学ぶ。1937年「朝鮮日報」の新春文芸に詩「古い井戸のある風景」が当選し、詩壇に登場した。「文章」誌を中心に表現主義的な詩を発表した。日帝末期には人文社の社員として「国民文学」の編集に携わり、親日派と目された。日本語詩集『たらちねのうた』と訳詩集『雪白集』(人文社)がある。

31 **朴木月**(パク・モクウォル)1916～1978
詩人。慶州生れ。郷土性の強い素材と民謡調のリズムとで独特の詩風を作り出した。朴斗鎮、趙芝薫とともに合同詩集『青鹿集』を出し、〈青鹿派〉

と呼ばれた。

32 **朴斗鎮**（パク・トチン）１９１６〜
詩人。京畿道生れ。「文章」誌を中心に「新しい自然を紹介した」といわれる詩風の作品を発表、実作、詩論の両面で解放後の韓国の詩壇をリードした。

33 **趙芝薫**（チョ・ジフン）１９２０〜１９６８
詩人。慶尚北道生れ。〈青鹿派〉の詩人の一人として活躍したほか、高麗大教授として民族文化研究に大きく貢献した。仏教的、東洋的な詩世界を作り上げた。詩集に『僧舞』がある。

34 **徐廷柱**（ソ・ジョンジュ）１９１５〜
詩人。全羅北道生れ。１９３６年「東亜日報」新春文芸に詩「壁」が当選し、デビュー、同人詩誌「詩人部落」を主宰する。処女詩集『花蛇』で世紀末的な耽美の世界を作りだしたと評される。以後、韓国現代詩の第一人者として活躍する。金素雲・白川豊・鴻農映二訳『朝鮮タンポポの歌』（冬樹社）、『新羅風流』（角川書店）の邦訳がある。

35 **朴南秀**（パク・ナムス）１９１８〜
詩人。平壌生れ。「文章」誌に投稿した「深夜」「酒幕」などの詩でデビュー、農村生活を叙景詩的に描き出した詩風で知られた。解放後は雑誌編集、韓国詩人協会設立など、詩壇の中心人物として活躍した。

36 **羅雲奎**（ナ・ウンギュ）１９０２〜１９３７
映画監督、脚本家、俳優。咸鏡南道生れ。１９２６年「籠の鳥」に出演して以来、人気映画俳優として活躍した。代表作「アリラン」「風雲児」などは、朝鮮映画の古典として知られている。民族主義的な抵抗精神を描き出し、当時の民衆の圧倒的支持を受けた。

37 **李孝石**（イ・ヒョソク）１９０７〜１９４２
小説家。江原道生れ。同伴者作家として出発し、「都市と幽霊」「露領近海」などを書いた。後、九人会のメンバーとして本能的、自然的な人間の姿を描き出した。代表作に「豚」「そばの花の咲く頃」（『朝鮮短篇小説選』所収）などがある。

38 **金東仁**（キム・トンイン）１９００〜１９５１
小説家。平安南道生れ。大地主でキリスト教信者の家庭に生まれ、当時の上流、知識階級の子弟がそうであったように日本に渡り、高等教育を受けた。東京で留学生仲間である田栄沢、朱耀翰などと朝鮮で初めての純文学同人誌「創造」を発刊する。芸術至上主義的な短篇小説の傑作を生みだし、朝鮮近代文学を代表する短篇作家の定評がある。作品に「狂炎ソナタ」「狂画師」などがある。邦訳は『いも他』（長璋吉訳注・高麗書林）「笞刑」「甘諸」（『朝鮮短篇小説選』所収）がある。

39 **金素雲**（キム・ソウン）１９０７〜１９８１
詩人。慶尚南道生れ。１９２０年に渡日、北原白秋に師事し、『朝鮮詩集』『朝鮮童謡選』『朝鮮民謡選』（いずれも岩波文庫）の一連の訳詩集を出し、朝鮮の文学・文化を紹介するのに大きな足跡を残した。解放後も日本、韓国を行き来し、両国の文学交流に力を尽くした。日本語、朝鮮語による多くのエッセイもある。『現代韓国文学選集』（冬樹社）全五巻の編・監訳がある。

40 **鄭飛石**（チョン・ピソク）１９１１〜
小説家。平安北道生れ。日本大学中退。初期の代表作は１９２７年発表の「城隍神」、土俗的な世界を短篇世界にまとめたものでロマン主義的な傾向がうかがえる。日帝末期には日本語小説を「国民文学」に発表している。解放後、『自由夫人』など〈愛情小説〉によってベストセラー作家となる。『小説・孫子兵法』などの邦訳がある。

41 **羅稲香**（ナ・トヒャン）１９０２〜１９２７
小説家。ソウル生れ。１９２１年「新民公論」に処女作「追憶」を発表、作家としてデビューする。感傷性の強い初期の作風から、独特のロマン主義に彩られた数多い作品で知られる。「水車」「蚕」「夢」「桑の葉」（『朝鮮短篇小説選』所収）などの短篇、『母』などの長篇がある。

42 **李箕永**（イ・キヨン）１８９５〜１９８４
小説家。忠清南道生れ。雑誌「開闢」の懸賞小説に短篇「兄の秘密の手紙」が当選し、作家生活に入る。カップ創設にも加わり、農民の立場からの階級闘争を描いた長篇『故郷』などが初期の代表作。日帝末期には沈黙し、解放後、北朝鮮で文学芸術総同盟の委員長を勤めるなど、文学界を指導する立場で活躍した。十九世紀末からの農民闘争を叙事詩的に描いた『豆満江』（李殷直訳・朝鮮文化社）がライフ・ワークとされる。『朝鮮短篇小説選』に短篇「民村」が収録されている。

43 **韓雪野**（ハン・ソルヤ）１９００〜？
小説家。咸鏡南道生れ。日本大学で学んだ後に帰国、カップ創設に参加し、代表的なプロレタリア作家となった。解放後は北朝鮮で文学、文化面で要職を歴任したが、６０年代に入って失脚した。代表作は長篇『黄昏』（李殷直訳・朝鮮文化社）。短篇「泥濘」が『朝鮮短篇小説選』に収録されている。

44 **咸大勲**（ハム・デフン）１９０７〜１９４９
小説家。黄海道生れ。日大、東外大に学び、ロシア文学の翻訳などを行う。小説としては通俗性の強い作品を新聞などに連載した。代表作は『純情海峡』『青春譜』など。

45 **林和**（イム・ファ）１９０８〜１９５３
詩人、文芸評論家。日本留学から帰国後カップ書記長となる。解放後、朝鮮文学家同盟を組織し、左翼文学の理論的指導者として活躍した。１９４７年いわゆる越北（韓国から北朝鮮に行くこと）したが、アメリカのスパイとして死刑の判決を受け、処刑された。これには南朝鮮労働党の粛清問題がからんでいるものと思われる。この事件を取り扱い、林和を主人公としてフィクション化したものに松本清張『北の詩人』がある。

46 **李承晩**（イ・スンマン）１８７５〜１９６５
政治家。黄海道生れ。独立運動で投獄され、出獄後はアメリカなど外地で韓国独立のための外交宣伝活動を行った。解放後ただちに帰国、アメリカの支援のもと大韓民国を成立させ、初代大統領となった。しかし、独裁的政治を続けたために、1960年いわゆる四・一九の学生革命によって退陣させられ、ハワイに亡命、そこで病没した。

47 **金東里**（キム・トンリ）1913～1995
小説家。慶尚北道生れ。1935年の中央日報の新春文芸賞に短篇「花郎の後裔」が当選、文壇にデビューする。解放後、純粋文学と参与文学の対立下で、純粋派の代表として、論争、実作面で活躍、現代韓国文学を代表する文学者として知られる。代表作に『ソヴァンの十字架』（金紫雲訳『現代韓国文学選集』第二巻・冬樹社）『黄土記』などがある。邦訳は上記のほか『巫女乙火』（林英樹訳。成甲書房）、また「沼」が『現代韓国文学選集』第三巻に、「巫女図」が『朝鮮短篇小説選』に、「等身仏」が『韓国現代文学13人集』（新潮社）に収録されている。

48 **崔仁旭**（チェ・インヒョク）1920～1972
小説家。慶尚南道生れ。土俗的な世界を抒情的に描いた短篇でデビュー、解放後も精力的に数多くの長、短篇を書いた。長篇『草笛』、短篇に「ケナリ」などの代表作がある。

49 **朴淵禧**（パク・ヨンヒ）1918～
咸鏡南道生れ。1945年に越南（北から南に渡ること）し、「自民」編集部に勤めながら、短篇「米」で登場した。リアリズム的手法で非人間的な不条理な社会相を描き出した。

50 **柳周鉉**（ユ・ジュヒョン）1921～1982
小説家。京畿道生れ。十九歳で渡日し、早稲田大学で学ぶ。解放後、雑誌「自民」に短篇「煩擾の通り」を発表し、デビューする。邦訳は「張氏一代」が『現代韓国文学選集』第四巻に収録。代表作は実録大河小説としての『朝鮮総督府』（講談社）。

51 **田炳淳**（チョン・ビョンスン）1929～
小説家。全羅南道生れ。淑明女子大を卒業後、1960年、韓国日報の懸賞に応募した長篇『絶望の後に来るもの』などでデビュー、その年の女流文学賞を受賞する。中、短篇に「回春記」「独身女」「もう一つの孤独」など多数の作品がある。

52 **金億**（キム・オク）1893〜1950?
詩人。平安北道生れ。慶応義塾の文科を中退後、「泰西文芸新報」誌でツルゲーネフの散文詩やヴェルレーヌ、ボードレールなどフランス象徴派の詩などの紹介を行う。『懊悩の舞踏』は朝鮮最初の訳詩集。かたわら、詩の創作も始め、朝鮮最初の創作詩集『クラゲの歌』を刊行する。その後も多くの詩集を出し、詩壇の第一人者となっていたが、動乱時に拉北され、行方不明。

53 **金晋燮**（キム・チンソプ）1903〜
随筆家、独文学者。全羅南道生れ。渡日し、法政大学で法学と独文学を学ぶ。海外文学の紹介、近代演劇の翻訳、上演、随筆の分野で活躍した。

54 **金八峰**（キム・パルボン）1903〜1985
小説家。本名は金基鎮《キムキジン》、八峰はその号。忠清道生れ。朴英熙らとともにカップ創設に参加、プロレタリア文学運動の理論的指導者として活躍。日帝時代末期には親日派として評論的な文章を書いた。解放後は随筆的なものを書き、文壇からはやや離れたところに位置した。

東京で死んだ男

1 **李箱**（イ・サン）1910〜1937
詩人。ソウル生れ。朝鮮総督府に勤務しながら雑誌「朝鮮と建築」に「異常の可逆反応」を日本語詩として発表する。喫茶店経営などをしながら、若い文学者、芸術家のグループを作り、モダニズム的な作品を生みだした。小説作品に「翼」「逢別記」などがあり、短篇小説の分野でも特異な才能を発揮した。渡日し、東京で病没した。邦訳は「翼」が『朝鮮短篇小説選』に収録されている。

2 **金起林**（キム・キリム）1908〜
詩人。咸鏡北道生れ。日大文芸芸術科、東北大英

文科卒。朝鮮日報の記者として勤務しながらシュール・レアリズムなど、西欧近代詩の理論を積極的に紹介、自らもモダニスティックな詩を実作し、新しい文学運動の旗手として活躍した。朝鮮戦争時に拉北、行方不明。

3 **金笠**（キム・サッカ）1807〜1863
詩人。李朝末期の放浪詩人として民衆の間で伝説化され伝えられている。その詩は音と訓とをまじえた漢文体の詩だが、掛け言葉、語呂合わせなどの裏の意味を含んでいて、両班階級への風刺、民衆的なユーモアに富んでいる。笠（サッカ）をかぶって全国を流浪したので金サッカと呼ばれる。

4 **金芝河**（キム・ジハ）1941〜
詩人。全羅南道生れ。ソウル大美学科卒。1970年、「思想界」に譚詩「五賊」を発表、反共法違反で逮捕される。その後も民主化運動で強権政府と対立、死刑の判決まで受ける。長期間の獄中生活の後釈放され、1985年にはそれまで発禁だったほとんどの作品が解禁となった。詩集には『黄土』『焼けつく渇きで』、大説『南』などがあり、戯曲、エッセーなども多い。邦訳は『不帰』（李恢成訳・中央公論社）、『長い暗闇の彼方に』（渋谷仙太郎訳・中央公論社）、『金芝河詩集』（姜舜訳・青木書店）、『金芝河作品集1・2』（井出愚樹訳、青木書店）など多数ある。

5 **金素月**（キム・ソウォル）1902〜1934
詩人。平安北道生れ。五山学校時代に金億と出会い、その影響下で詩を書き始める。七・五調を使った定型的で民謡風な作品を多く書き、現在まで国民的詩人として愛唱されることが多い。三十二歳で自殺し、死後『素月詩集』『つつじの花』などの詩集が編まれた。

※この人物註は、『韓国文学大事典』（教育出版公社・ソウル・1981年）をもとに『朝鮮を知る事典』（平凡社・1986年）、『日本近代文学大事典』（講談社・1984年）、『朝鮮人物事典』（大和書房・1995年）その他を参照して作製した。邦訳、関連文献は入手が比較的容易なものを主として挙げた。

あとがき

「〈酔いどれ船〉の青春」を書くきっかけとなったのは、韓国のソウルの仁寺洞《インサドン》という古本屋街で牧洋著『静かな嵐』を見つけたことである。その時は牧洋という名前は田中英光の『酔いどれ船』で見たような気がするといったおぼろげな記憶しかなかった。古本屋の主人から「この人は日本人ですか」と聞かれて、「いや、多分、日帝時代の韓国人作家でしょう」と、あいまいに答えたことを覚えている。

韓国で日本語教師をしながら四年間いたが、その間じゅう自分が日本人としてこの国にいて、ものを食べ、しゃべり、生活していることの意味を頭のすみのどこかで考えつづけずにはいられなかった。歴史的過去と自分とは関係ない、そう思いつづけていたのだけれど、現実を見ていると〈酔いどれ船〉という比喩で語ることのできる日本と朝鮮半島との関わりはあまり変わっていないし、そのことを文学のレベルできちんと検証したものがないことを痛感せざるをえなかったのである。

勤務していた大学の図書館の書庫で、埃にまみれた則武三雄の『鴨緑江』や小尾十三の『登攀』、金文輯の『批評文学』などを見出したことが、執筆の直接の引き金となった。「三千里」「朝光」「文章」「人文評論」といった日帝期の雑誌の復刻版が書庫になかったら、この本は書き上げることができなかったはずだ。その意味でも、私(と家族)の四年間の韓国生活を保証してくれた釜山の東亜大学の同僚と関係者には感謝しなければならない。書庫に自由に出入りさせてくれた司書の崔さん、コピーを優先的にやってくれた学校前のコピー屋の娘さん、資料の本の持ち運びを手伝ってくれた教え子の金君や李さんや権君など、直接的にもお世話になった人には事欠かないのである。

ある意味では、私の四年間の韓国生活も〈酔いどれ船〉にほかならなかった。右も左もわからず、韓国社会に飛び込んでいった私こそ、目的地も方角もあてもなく、ただ人の波の熱っぽい合い間を漂っていた酩酊船だった。だから、田中英光の『酔いどれ船』は、私にとって他人事とは思えなかったのである。朝鮮に魅せられ、その土地と人間にあまりに深入りし過ぎてしまった日本人と、それに呼応してしまった親日派の朝鮮人群像を、何とか形にしてみたい、自分の能力を超えたそんな欲求を感じたのも、それが自分の立っている基盤をもう一度問い返すことであったからにほかならない。そうした意図がこの本でどれだけ達成できたかは、自分でもまだ客観視することができないが、ただ、一振り、土に鍬を入れ込んだという手応えのようなものは感じられたのである。

なお、「〈酔いどれ船〉の青春」の文中で、韓国では親日文学作品についてまとまった形では現在読めないと記したが、その後、ソウルの実践文学社から『親日文学作品選集』（金炳傑・金奎東編）が出版された。李光洙の論文、李石薫の「静かな嵐」などが韓国語訳で収められている。また、評論については、金時泰編『植民地時代の批評文学』（二友出版社・ソウル）に親日文学についての批評文が数編収録されている。補綴として附記しておきたい。

「〈酔いどれ船〉の青春」は、「群像」編集部の三木卓氏の手をわずらわせ、八六年八月号の同誌に掲載していただいた。また、「東京で死んだ男」は、「現代詩手帖」の八六年十、十一月号に載せていただいた。樋口良澄・大日方公男両氏のお世話によっている。この二つの論を書くにあたり、資料その他について、任展慧、尹学準、田中明、森田芳夫、鄭大均、鴻農映二の各氏のご恩にあずかっている。本にするにあたっては、講談社の文芸図書第一出版部の安部俊雄氏のお世話になった。記してそれぞれの方に謝意を表したい。

最後に一つだけ自己宣伝めいたことをいえば、巻末に朝鮮人・韓国人の主な登場人物の註を入れた。これは近代朝鮮文学史の索引のような形でもある程度使えると思う。簡単なものだが、このようなものでも日本においては、まだ不十分というのが実情なので、朝鮮近代文学史（と本書）の理解のための補助資料として使っていただければ幸いである。

一九八六年十一月五日

川村　湊

復刊「あとがき」

この本は一九八六年十二月十日に講談社から刊行された『〈酔いどれ船〉の青春』をそのまま復刊したものである。本文は明確な誤記、誤植以外は直さなかった。人物註は間違いやその後の研究の進展によって明確となった点もあって、多少改訂した。実は本文中にも、現時点の研究成果によって改訂しなければならないところもあるのだが、初版の歴史的な意味もあると考え、あえて手を入れなかった。

たとえば、「〈酔いどれ船〉の青春」の最後の章で私は李石薫について、「戦争の始まる四年前の一九四六年に韓国海軍に入隊し、六・二五（朝鮮戦争勃発時）には中領（中尉）であった。だから、彼は従軍作家としてではなく、れっきとした大韓民国国軍の一員として戦闘に加わったのである」と書いた。だが、この文章を書いて、『群像』一九八六年八月号に初出稿を掲載してから単行本にする間に、この記述が間違いであることに私は気がついた。書き終えてから念のため参看していたある本の李石薫の略歴に、彼が朝鮮戦争が始まる前の時期に、軍隊を辞めたという一項があったからだ。彼が一九五〇年の朝鮮戦争時に行方不明となったことは確かである。しかし、親日派としてそれなりに有名であり、韓国軍にも中領として在籍していた彼が、一般市民として「戦時下」に生活していたとは思われない。在郷軍人として「国軍」（韓国軍）に合流して、北朝鮮人民軍と戦ったか、あるいは彼らに拉致され、処刑されたか。そういう推定の下に、私は彼を「国軍兵士」のままとして、彼の死を記述したかった。その程度のフィクションは批評作品においても許されると、その時の私は思ったのだが、やはり誤まった情報をそのままにしておくのは後の研究者を過たせる原因となるので、ここで註記しておくべきだと思い直したのである。

もちろん、意識していない誤謬や調査不足のため、結果として間違いであるところも多々あると思う。資料としても旧版の時には李石薫（牧洋）の『蓬島物語』や鄭人澤の『清凉里界隈』といった重要な「日本語」作品集を手に入れることができなかった。雑誌『國民文學』も、近年復刻されて、ようやく全巻を揃えることができた。李箱についても、金允植氏の『李箱研究』など、韓国内でも研究が進み、私の「李箱」研究は、とうの昔に古びたものとなってしまったともいえる。しかし、李箱の日本語詩を日本に紹介し、その意義を知らしめたという意味では私の李箱論も一定程度の価値を持っていたと自負していいと思う。なお、私はこの後、李箱の生と「京城」の都市論を組み合わせた「李箱の京城」という論文を書いた（後に『ソウル都市物語』平凡社新書に収録）。参照していただけたら幸甚である。

もう一つ、本文の中で、金史良の小説『天馬』に登場してくる「田中」のモデルを、それまでの先行研究にそのまま寄りかかって「田中英光」だと記述したところがあるが、これは「田村泰次郎」の間違いであることが判明した。詳しくは、文藝春秋から刊行した『満洲崩壊――「大東亜文学」の作家たち』の中の第Ⅳ章「花豚正伝」に書いた。「〈酔いどれ船〉の青春」の登場人物の一人でもある金文輯を正面に据えて書いたものであり、そこでかつての記述の誤りを正した。これも参照していただけたら幸いである。

十四年もたつと、自分の書いた本ながら、ある程度の客観的な評価ができるように思う。私の仕事としては、この後、現在まで続く日本の旧植民地文学の研究の原点となっていることは疑えない。『アジアという鏡』（思潮社）『異郷の昭和文学』（岩波新書）『南洋・樺太の日本文学』（筑摩書房）『満洲崩壊』『文学から見る「満洲」――「五族協和の夢と現実』（吉川弘文館）などの一連の著作の原点が、『〈酔いどれ船〉の青春』なのである。

日本の旧植民地文学の研究史においてでは、尾崎秀樹氏の『旧植民地文学の研究』（『近代文学の傷痕』として岩波ライブラリー）に続く、植民地文学の研究の早い時期の先駆的な仕事であったといえると思う。本文にもあるように韓国でも金允植氏の『韓日文学の関連様相』、林鐘国氏の『親日文学論』程度しか、植民地時代末期の、いわゆる「親日文学」（暗黒期の文学）の研究はなく、朝鮮人文学者と日本人文学者を同じ舞台に載せて考察する批評の仕事はほとんどなかったのである。私がこの本を刊行した後、中山和子氏の「李石薫論」や、私が編集した『岩波講座・近代日本と植民地　第七巻・文化のなかの植民地』、などの研究論文や著作が書かれ、刊行されるようになったが、その源流に私の論考があったと考えられるのである。

それはまた、ポスト・コロニアリズム、カルチュラル・スタディーズといった思想の世界の動きとも連動したものであり、そうした波動を日本において早い時期に感じていたものともいえるかもしれない。もちろん、それは流行思想としてのそれらを私がいち早く「輸入」したということではない。私が『〈酔いどれ船〉の青春』を書いていた時期には、そうした思想は日本ではまったく知られていなかったし、私としても知るよしもなかった。だが、現実の社会とまったくの無縁な研究や批評をしていない限り、どこかでそうした批評や思想の広い流れと交差することは当然であると思われる。

ただし、論の精緻さや論理の厳密性、資料調査の精密性をいたずらに誇示するような論考、すなわちアカデミックな「業績」が汗牛充棟となるような現今の研究動向にはいささか批判的な眼を向けざるをえない。とりわけ、あいも変わらず「欧米」の理論や流行の用語に依拠した「ポス・コロ、カル・スタ」理論の祖述者と応用者（その批判者も同じようなものだが）には、もう少し足元を照らす作業をしてもよいのではないかと注文をつけたくなる。この十四年間で、私も「小言」の好きな初老の男となってしまったのである。

『〈酔いどれ船〉の青春』を書いていた時、私は三十五歳だった。「青春」という言葉をためらいながらでも使える最後の時期だったかもしれない。今は「〈酔いどれ船〉の白秋」あるいは「玄冬」を書くべき時なのかもしれないのである。

復刊にあたっては、インパクト出版会の深田卓氏にお骨折りいただいた。感謝したい。

二〇〇〇年八月三日

川村　湊

初出掲載誌

〈酔いどれ船〉の青春　『群像』一九八六年八月

東京で死んだ男　『現代詩手帖』一九八六年十、十一月号

本書は一九八六年十二月、講談社から刊行されました。

[川村湊　著作リスト]

（単著のみ）

1	異様の領域 —川村湊評論集	国文社	1983年 3月
2	批評という物語 —川村湊評論集 2	国文社	1985年 5月
3	〈酔いどれ船〉の青春—もう一つの戦中·戦後	講談社	12月
4	わたしの釜山	風媒社	1986年12月
5	音は幻—川村湊評論集 3	国文社	1987年 5月
6	ソウルの憂愁	草風館	1988年11月
7	アジアという鏡—極東の近代	思潮社	1989年 5月
8	紙の中の殺人	河出書房新社	6月
9	異郷の昭和文学—「満州」と近代日本	岩波新書	1990年10月
10	言霊と他界	講談社	12月
11	近世狂言綺語列伝—江戸の戯作空間	福武書店	1991月10月
12	隣人のいる風景	国文社	1992年 3月
13	マザー·アジアの旅人—シンクレティズム紀行	人文書院	1992年10月
14	海を渡った日本語—植民地の「国語」の時間	青土社	1994年12月
15	南洋・樺太の日本文学	筑摩書房	1994年12月
16	戦後文学を問う—その体験と理念	岩波新書	1995年 1月
17	〈大東亜民俗学〉の虚実	講談社選書メチエ	1996年 7月
18	満洲崩壊—「大東亜文学」と作家たち	文藝春秋	1997年 8月
19	戦後批評論	講談社	1998年 3月
20	文学から見る「満洲」—「五族協和」の夢と現実	吉川弘文館	12月
21	生まれたらそこがふるさと—在日朝鮮人文学論	平凡社選書	1999年 9月
22	作文のなかの大日本帝国	岩波書店	2000年 2月
23	ソウル都市物語—歴史・文学・風景	平凡社新書	3月
24	風を読む 水に書く—マイノリティー文学論	講談社	5月

川村湊（かわむらみなと）
1951年北海道生まれ
現在、法政大学国際文化学部教授

〈酔いどれ船〉の青春
もう一つの戦中・戦後

2000年8月25日　第1刷発行
編著者　川 村　　湊
発行人　深 田　　卓
装幀者　藤 原 邦 久
発　行　㈱インパクト出版会
東京都文京区本郷 2-5-11 服部ビル
Tel 03-3818-7576 Fax 03-3818-8676
E-mail：impact@jca.ax.apc.org
http://www.jca.ax.apc.org/˜impact/
郵便振替　00110-9-83148

　シナノ